大岡信

架橋する詩人

大井浩一
Koichi Oi

岩波新書
1889

はしがき

詩壇の枠を超え活躍

大岡信《まこと》〔一九三一〜二〇一七〕は戦後日本を代表する詩人の一人である。「春のために」「マリリン」「地名論」「丘のうなじ」など愛唱される詩をいくつも書き、朝日新聞一面コラム「折々のうた」の執筆者として、また連歌や連句の流れを汲む「連詩」の創始者として知られた。鮎川信夫、田村隆一、谷川俊太郎といった人々と並んで、現代詩人としては最も著名、かつ重要な人物に挙げられる。

世間的には文化勲章を受章し、文芸界で顕著な業績のあった人ということになる。ちなみに一九三七(昭和一二)年に始まった文化勲章の受章者で、詩人は現在まで他に土井晩翠、佐藤春夫、堀口大学、草野心平の四人を数えるのみである(歌人、俳人を除く)。優れた近現代詩人に早世の人が多いことを考え合わせても、大岡が詩史に名を連ねる一人であるのは間違いない。

大岡が八六歳で亡くなった時、私は新聞に短い「評伝」記事を書いたが、その中でこのように記した。
大岡信さんは戦後の詩壇における最大の功労者といえる。この人がいなければ、日本で詩の存在感は格段に低いものとなっていたに違いない。……

「詩への架橋」「折々のうた」「私の万葉集」など、大岡さんの本に導かれて詩の魅力に触れた読者は多いだろう。しかし、それは単に紹介や鑑賞の巧みさによるのではない。昭和1桁(6年)生まれで戦時中に少年期を送った詩人は、戦中・戦後に横行したイデオロギー先行の文学に左右を問わず反発した。そして膨大な読書の末に、独自の「開かれた視野」を築いたのだ。

だからこそ、柿本人麻呂であれランボーであれ、万葉や古代メソポタミアの名もなき詩人であれ、大岡さんは彼らの言葉を、現代人のものと同じように理解し、笑い、感動することができた。日々の暮らしとともにある「生きたことば」の芸術として詩の意味を語り続けた功績は、極めて大きい。(「毎日新聞」二〇一七年四月六日朝刊)

ここに述べたことは、彼について一冊の本を書こうとする今でも全く変わりない。ただ、それなりに作品を読んではいたが、この段階では、なぜ大岡が「イデオロギー先行の文学に左右を問わず反発」したのか、ここでいう「開かれた視野」がどのようにして得られたのか、など

については よく分かっていなかった。また、本書に記すように、私は生前の大岡その人とはほとんど接点を持たなかった。

その後、一九七〇年代に出た著作集(全一五巻)や二〇〇二(平成一四)年刊行の全詩集を精読する中で、この詩人が訃報記事を書いた段階で思っていたよりもずっと早熟にして柄の大きな文学者であることが痛感された。それに、何よりも詩壇の枠を超えて広範なジャンルのさまざまな文化人、芸術家と関わりを持ち、しかもそうした人的ネットワーク自体が彼自身の創作にとって意味深い源泉をなしていることも、遅ればせながら分かってきた。

そこで、大岡が関わった人々に会って話を聞くことを少しずつ始め、没後一年となる一八年四月から「毎日新聞」文化面で月一回の連載「大岡信と戦後日本」をスタートさせた。その時点では、これが何回続くかも、またどのように展開できるかも見通しは立っていなかった。ただ、この人の仕事の広がりを通して見れば、戦後日本の文化・芸術と社会の様相がかなりよく見晴らせるだろうという予感はあった。

実際、私が従来ほとんど立ち入ったことのなかった現代美術その他の分野について一から学び、取材を進める中で、一見政治や社会の動きなどとは無縁に思われる創作物や芸術の潮流が、むしろ抜きがたくそれぞれの時代の状況、その可能性および矛盾と結びついているさまが浮かび上がった。本書は、二一（令和三）年二月まで、番外編を含めて計三三回続いたこの連載をもとに、大幅に加筆・修正をほどこしたものである。

いうまでもなく、大岡がその生涯になした仕事はあまりにも多方面にわたり、なおかつ膨大である。本書ではその一部を参照するにとどまった。また、彼の個人生活に関してはごく限られた部分に触れただけであり、伝記的な観点からは当然扱うべき事項でも盛り込んでいないものがある。

一つの現代詩入門

一級の批評家でもあったこの詩人は現代詩のみならず、日本の古典詩歌から古今東西の文学、さらに現代の美術、音楽、演劇といった諸芸術を対象とし、それらを個別にというよりは相互の影響や関係性に格別の興味をもって論じた。自らの創作も、詩を揺るぎない原点としながら常に他ジャンルとの越境、共作を試みる柔軟性を保ち続けた。とりわけ、一九七〇年代以降は中世の連歌に淵源を持つ連句（歌仙）を、これまた小説家や俳人、歌人といった幅広い文学者たちと制作し、そしてこれにヒントを得た「連詩」の試みを、最初は親しい仲間の詩人らと始め、やがては海外の多様な言語の詩人たちとの間で精力的に推し進めていった。一方で、七〇年代末からは「折々のうた」を三〇年近くにわたって書き、世界にも類を見ない古今詩歌の一大アンソロジーを編み上げ、現代の日本人に詩を読む喜びを与えることに力を注いだ。

これらの活動は詩と他のさまざまな表現をつなぐものであると同時に、古典と現代を、日本と外国を、さらには諸芸術の創作者とその享受者(読者や観衆)を橋渡しする、それ自体が創造的な媒介行為であったということができる。本書はこのような大岡の行動の諸相を見ていくことにより、戦後日本において現代詩がどのような位置にあったか、これまで詩にあまり関心を持たなかった読者にも新鮮な眺望を開示しうるのではないかと思う。そういう意味では、大岡という詩人の歩みを切り口とした、一つの現代詩入門になるかもしれない。

さらに、例えば第一次戦後派から第三の新人、内向の世代へといった戦後文学史の通説的な描き方があるが、本書はこれに対し、詩を基点に置いた多ジャンルの布置とそれらの相関の中で戦後日本の文芸史、芸術史を新たに描き出す試みにもなると思われる。とりわけ、長期にわたった東西冷戦構造を反映した左右対立の下で、必ずしもイデオロギー的立場を鮮明にしない「中道リベラル」的な文化人は傍流、異端と見なされがちだった。本書に登場するのは詩人のほか、大岡と親しかった丸谷才一や、草月アートセンターに関係した人々、季刊誌『へるめす』の編集同人などだが、こうした多種多様な流れを戦後史の中に位置づけ直すことは、逆に文学と社会・政治の関係、また文壇と論壇の関係といったものをも、より複合的、相互的な像として示すことになるという期待もある。

希望のメソッドとしての「架橋」

タイトルの「架橋する詩人」という言葉は、もちろん大岡の著作『詩への架橋』(一九七七年)から拝借したものである。岩波新書の黄版シリーズのごく初期に出たこのエッセーが私自身に及ぼした影響なども本書の中で記していくことになろうが、そのエピローグで彼は、大学時代に書いた最初の評論「菱山修三論」(五一年)の一部を引用したうえでこう書いていた。

読み返してみると、私は菱山修三という詩人の、現代詩の中での独特な位置や存在理由について、またその詩の最も核心的な性格について、それほど見当ちがいのことは言っていないように思われるが、それと同時に、ここでは何よりもまず、自分自身のかかえている問題について夢中で語っていたことに気づかずにはいられない。……それはいわば「詩」と「批評」という二筋道を、一人で可能なかぎり歩きつづけてみること、その二筋道を一筋により合わせ得る道を、自らを実験台のようにしてさぐってみること、というふうに要約できそうなものだった。……

私は以上のことを、単に個人の特殊な経験としてだけでなく、ある著者とある読者との、いわば運命的な出会いというものについての、モデル・ケースとして語ったつもりである。人はどんな時にどんな相手とぶつかるか、またその結果どんな自分自身の顔が見えてくるか、決して予測はできないのである。

それゆえに「出会い」というものは常に深淵をその中に含んでいる。

このあと大岡は、自身の出世作となった詩「海と果実」(五二年、のち「春のために」と改題)を引き、本の最後を次の言葉で締めくくっている。

そういう形で、私は「詩」に少しずつ橋を架けようとしていたのだった。

つまり、ここでは自らの内での「詩」と「批評」との橋渡しが、そのまま他者との出会いでもあるような「架橋」が語られていた。架橋——おそらくそれは、彼が「うたげ」という言葉で強調し、「合す」あるいは「うつす」原理として表現したことを超えるスケールで、まさに彼自身によって生きられた営みを指し示していたのではないか。

分断や閉塞感に覆われたこの二〇二〇年代の世界で、「架橋」という行為はいかにも素朴である。しかし、それは素朴であっても着実に、しなやかでしたたかに、人々の魂をほどき、結び合わせる希望のメソッドともなり得るものと考える。

・原則として詩の引用は『大岡信全詩集』に、批評その他の散文の引用は『大岡信著作集』(本文中では「著作集」と略記)により、それ以外のものには出典を記した。
・引用に際しては、表記は原典によったが、明らかな誤植は正し、一部、読者の読みやすさを考え、旧字を新字に改め、ルビを加減するなど変更したものがある。
・引用中、筆者による注記は[ ]で示した。( )は原典の注記である。中略は「……」で示した。
・文中の年号表記は、各章節でそれぞれの元号初出時のみ「一九六〇(昭和三五)年」のように元号を併記し、以下は誤解の恐れがないかぎり西暦の下二桁のみとした。
・人物の敬称は略し、生没年は初出時のみに付した。
・掲載写真のうち特に断りのないものは、大岡家提供による。

＊なお、今回掲載するにあたりましては、可能なかぎりの手を尽くしましたが、中には撮影者へのご連絡がかなわなかった写真もあります。万一お心当たりのある方がいらっしゃいましたら、編集部までご一報下さい。

目次

序章
焼け跡からの出発
『鬼の詞』

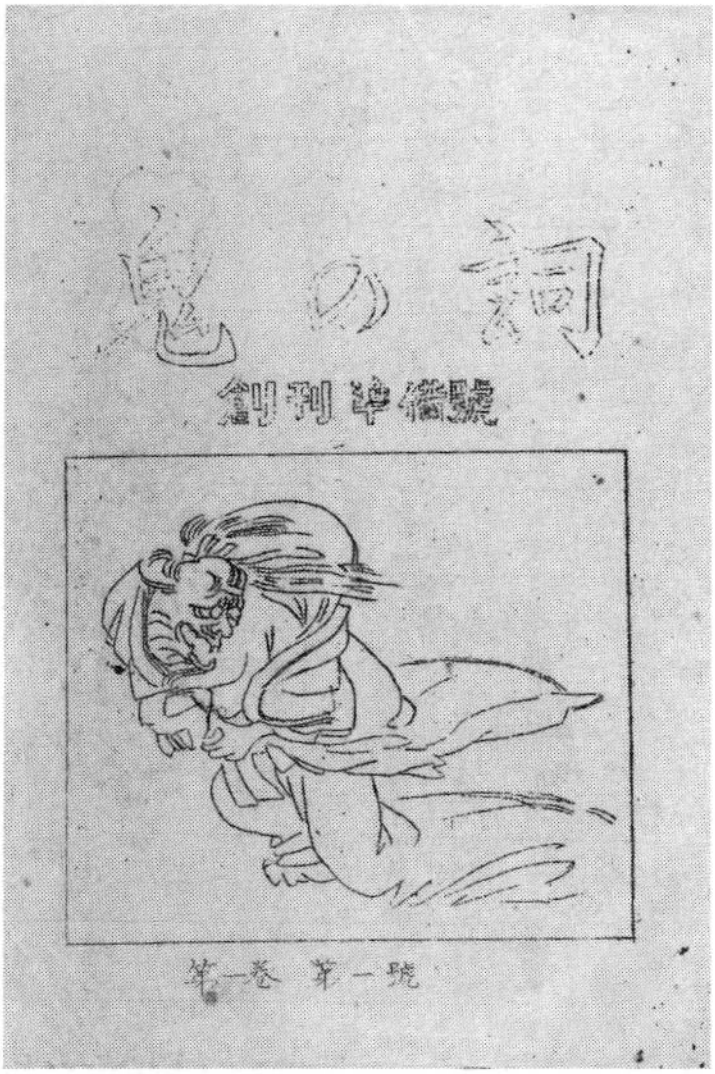

『鬼の詞』第1号表紙

「はたちで死ななくてもいいのか」

一九四五(昭和二〇)年八月一五日。旧制静岡県立沼津中学校(現県立沼津東高等学校)三年の大岡信少年は、この日を同県三島市の自宅で迎えた。

降伏を告げる天皇の詔勅のラジオ放送を、私は父親と二人で、家の中で直立して聞いた。真夏の正午の空は雲ひとつなく晴れ渡り、部屋の前の大きな柿の木からは、蟬の声が勢いよく湧いていた。(『詩への架橋』)

三一年生まれの彼にとって「戦争は片時の休みもなしに続いているものだった」。同年に満州事変、三七年に日中戦争が始まる。中国での戦線が行き詰まる中、日本は四一年、対米英開戦に踏み切り、太平洋戦争が開始された。中学では、陸軍幼年学校や予科練に入るため去っていく友人たちも出てきた。信少年も軍需工場に動員され、長い鉄棒を電動のこぎりで一定の長さに切る作業をした。軍事教練も受けた。中学二年の終わりごろから後は、学校で授業を受けた記憶が全くないとも書いている。

将来は旧制高校の文科進学を希望していたが、「日に日に強まる暗い圧迫感の中で、もうじき兵士となり、たちまちこの地上から去らねばならないのだ、ということだけをたえず考えていた」。四五年七月には沼津市が大空襲を受け、中学の校舎も動員先の工場も友人たちの家も焼けた。それから一カ月ほどで敗戦の玉音放送を聞いたのだった。

「これからは、おまえたちにとってたいへんな時代がやってくるだろうな」と父がぽつりと言った。……戦争が終ったんだ、ということが実感として納得できるまでに、小半刻はかかっただろう。それからふいに、歓喜が湧いた。「すると、はたちで死ななくてもいいのか」。(同前)

この父、大岡博〔一九〇七～八一〕は歌人で小学校教員だった。窪田空穂〔一八七七～一九六七〕の弟子で戦前から歌誌『菩提樹』(初めは『ふじばら』)を主宰。戦後、三島市教組委員長、静岡県教組委員長を務めた人物でもあった。その長男である信少年は終戦後、自宅の庭の防空壕から父の蔵書を引き出して本棚に戻していった時、初めて「本」というものを「はっきり意識」するようになった。

創作の始まりは短歌

やがて焼け残った旧海軍工廠の建物で中学の授業が再開される。米占領軍による検閲を示す「教科書の墨塗り」も体験するが、戦後の解放感の中で学校には「映画や音楽やスポーツのクラブ組織のようなものがたくさん生れた」。そうした中で、翌四六年二月、信少年が同学年の三人の仲間と若い国語教師とともに創刊したのが、ガリ版刷りの同人雑誌『鬼の詞《ことば》』だった。

真昼野の山田の畔《くろ》を一人行けば青き麦萌ゆ生命《いのち》ひた燃ゆ

最初の号(「創刊準備号」と称した)に信少年が載せた短歌七首のうち冒頭の作、これが「はじめて作った短歌」である。のちに膨大な作品を生み出す詩人の出発点だ。幼い頃から歌に親しんでいただけに、創作の始まりが短歌なのは自然なことだった。

ところで後年になって、これが若山牧水[一八八五〜一九二八]の第一歌集『海の声』の巻頭歌「真昼日のひかりのなかに燃えさかる炎か哀しわが若さ燃ゆ」によく似ていることに自ら気がついた。当時、斎藤茂吉[一八八二〜一九五三]や北原白秋[一八八五〜一九四二]と並んでよく読んでいたのが牧水の歌集で、おのずから影響がにじみ出たのだろうという。「牧水の初期の歌にはとくに熱中した」とも書いている(同前)。

『詩への架橋』には、この類似に気づいた時「がっかり」したと記したが、それでも作品そのものには思い入れがあったようで、随筆集の題に『青き麦萌ゆ』(七五年)がある。ただ、間もなく詩の創作が始まり、短歌は数十首のみで終わった。中でも「牧水調の歌はこの一首だけしか作らなかった」というが、一〇代半ばらしい清新の気が初々しい。

同人誌『鬼の詞』の仲間ら

『鬼の詞』は一九四七年一一月の八号まで続く。この間、一学年下の三人と教師二人が同人に加わった。創刊同人の五人を含む多くは取材した二〇一八年時点で故人だったが、のちに海洋生物学者となり南極越冬隊長も務めた星合《ほしあい》孝男〔一九三〇生〕に話を聞くことができた。星合は沼津中入学が大岡と一緒だが、結核で一年休学した。

「穏やかで、おとなしい、そして学業優秀な人でした」と中学当時の大岡の印象を話す。戦時中の四四年、図書館の係である図書班員を一緒に務めていたことがあり、二度目の一年生だった星合は、二年生で工場へ動員されていた大岡からはがきをもらったという。「間もなく勉強ができなくなる。今のうちにやっておくように、と書いてありました」

三年生になってから『鬼の詞』に参加した星合もまた、戦争が終わった後の変化を感じた。「戦時中は駿河湾に上陸してくるといわれていた米軍の戦車の下に、爆弾を抱えて飛び込む訓練を受けたものでした。それがなくなって、文学活動ができるのは楽しくて、夢のようでしたね」

大岡は四七年春、中学四年修了で東京の旧制第一高等学校へ進む。星合は中学が新制高校に

『鬼の詞』同人と．前列左端が大岡信，最後列左が星合孝男（1946 年撮影）

なった後卒業し、東北大学理学部へ進学した。全く異なる道を進んだが、やがて大岡の詩人・批評家としての活躍を知り、「よくやるなあ」と思っていたという。「文学と社会を密接につなぐ役割を果たしていましたからね」

七四年に越冬隊長に選ばれた星合が新聞に取り上げられ、その記事を読んだ大岡は雑誌に懐かしさに満ちた文章を書いた。星合が四度目の越冬を終えた後、大岡から誘いがあり、八四年に東京都調布市の大岡家（当時）を訪ねたことがある。また、同じ頃、大岡が教えていた明治大学の授業で南極観測について話したこともある。

中学の同期生で、高校教員を長く務めた沼津市在住の四方《よも》一弥《かずみ》〔一九三〇生〕にも往時を聞いた。「大岡君は気さくな性格で、まじめで優秀な連中とも、やんちゃな連中とも幅広く付き合っていた」。中学に昔からある文芸部に入っていた四方は『鬼の詞』の活動に目を見張ったという。「新しい時代を目指す雰囲気がありました。僕らから見ると、大岡君たちはまばゆいような、はつらつとした歌を作っていました」

大岡の初期の詩に「朝の頌歌《ほめうた》」と題する一編がある。四七年一月、一五歳の時の作で、「朝は　白い服を着た少女である」の一行から始まる。新鮮な朝の到来の情景を清らかな少女のイメージと重ねてうたい上げた、さわやかな作品の最終連は次のようである。

日が霧の彼方に
羞ぢらひつつ　紅らみながら昇つて来ると
地上にはほのかな弦の音が響いて
やがて　人々は
霧のひそかな手に目覚めつつ
今日も生命の歓喜に満ちて
無限の歴史の連鎖の一環を作り出す

この詩は旧制一高入学直前に出た『鬼の詞』六号(同年二月)に掲載された。最終行には、早くもこの詩人が後年深めていく、スケールの大きな歴史観、世界観がうかがわれる。大岡は高校で学び始めたフランス語などを通じ、さらに急速にその詩の世界を拡大していくことになるが、もう少し、それ以前の彼を育んだ環境を見ておきたい。

少年期の特異な思想環境

まず重要なのは、歌人の父、博の存在だ。博は三島の地で小学校教員を務める傍ら、一九三四年から『菩提樹』を主宰していた。三島市歌(初めは町歌)の作詞もしている。

六〇年代末に編集者として大岡に接して以来、親交の深かった評論家の三浦雅士[一九四六生]に聞くと、博が四〇年に雑誌『セルパン』へ寄せた短歌の存在を教えてくれた。伝説的な出版社・第一書房が出していたリベラルな雑誌だが、その三月号に「冬日小閑」と題し、「阿部内閣退陣の日」と詞書のある五首が掲載されていた。

「無為にして退きし人をゆふぐれの坂に思ひて尊しとしぬ」といった歌だが、三浦によると阿部信行[一八七五〜一九五三]内閣は同年一月、陸海軍の支持を失って総辞職し、翌二月には斎藤隆夫[一八七〇〜一九四九]が衆議院で軍部を批判する演説を行い、三月に議員を除名されるという背景があった。「博の姿勢は反戦議員・斎藤の側に、当時としては危険なほどくみしていました」。なお博は三八年に召集を受けるが、眼病のため即日帰郷となっている。戦後の博についても三浦は、「分かりやすくいえば、この父親は左翼だった」と指摘する。

一方、『鬼の詞』を通じて大岡に、いわば文学の手ほどきをした中学の教師たちの存在も大きかったと三浦はいう。大岡自身こう書いている。

復員してきた若い国語教師や、結核の予後の治療を兼ねる形で海辺の中学校に赴任してきた、大学を出たばかりの英語教師を中心にして、数人の文学少年が集まり、本の輪読をし、「鬼の詞」というまことにロマン派好みの題名のガリ版雑誌を作った。(「序にかえて――私の中の古典」『たちばなの夢』)

その教師たちは「戦中派」に当たり、文芸評論家の保田與重郎《やすだよじゅうろう》［一九一〇～八一］をはじめとする日本浪曼派から強い影響を受けた世代である。日本浪曼派はロマン主義から古典を重視する民族主義的志向へ転回した文学運動だが、多くの青年層を戦争へ駆り立てたとして戦後は批判を浴びた。三浦は、大岡が教師らから、保田が東京帝国大学在学中に始めた同人誌『コギト』のバックナンバーを与えられ、読んでいたことに注意を促す。

「戦後の若者にとっては、家族は右翼的な考え方で、実社会に出ると中堅以下の人々はみな左翼的だというのが一般的な環境でした。ところが大岡さんの場合は、家が左翼で、中学で右翼的な思想に触れるという逆の形になっています」

大岡博（右）と一高時代の信

実際、大岡の前後の世代には左翼運動に関わる経験を持ったり、左翼へのコンプレックスを抱いたりする者も多かった。ところが彼にはそれが全くないように見える。「左翼に対する免疫」があったと同時に、「最初から右翼的な思想も批判的に見ていた」。大岡の特徴を、三浦はそう表現した。

大岡はのちに「保田與重郎ノート」（五八年）を書き、これは評論集『抒情の批判』（六一年）に収めて刊行した際、作家の三島由紀夫〔一九二五～七〇〕から激賞を受ける。その評に「一つの時代とともに生き滅びること、自分の人生と思想をドラマにしてしまうことが、いかに恐ろしく、戦慄的で、また魅惑的であるかを、このエッセイほど見事に語つた文章はまれである」とある（『大岡信全軌跡　年譜』から再引用）。「人生と思想」は保田のものを指すが、三島自身がたどった「ドラマ」への「魅惑」を述べたものとも読める。

大岡の保田論は、保田が戦後もっぱら「血ぬられた民族主義」「ナショナリズムのウルトラ化」「ファシズムの御用文学者」といった非難の言葉で片付けられていたのとは違い、より内在的な、それだけに根底からの批判を込めたものだった。あらゆるイデオロギーに距離を置き、冷静に対する大岡の姿勢は後々まで一貫していた。

ただし、彼自身はそうした反イデオロギー的態度を、最も多感な時期に敗戦を迎えた自らの世代に共通の「ある特殊な感受性の状態」とも見ていたようだ。

　精神のさまざまな現象に対して強い好奇心をもつ反面、ある特定の対象にファナティックに執着したり没頭することも本能的に嫌悪し、警戒心を燃やすのが、この世代の精神的特徴であろう。（前掲「序にかえて——私の中の古典」）

このように大岡は、少年期までに家庭と学校の両方で、思想的にある種特異な環境を通過した。それが彼の文学観、芸術観を広く深いものにする下地となったのは確かだろう。

「家系の誇り」持つ父親

大岡信は一九三一年二月一六日、静岡県田方郡三島町（現三島市）に、大岡博、綾子〔一九〇六～九三〕の長男として生まれた。妹と弟がある（他にすぐ下に妹がいたが夭折）。大岡家は徳川家に仕える旗本だったが、明治維新後、高祖父の永夢《えいむ》は隠退する徳川慶喜に随行して駿府（現静岡市）に移り、曽祖父の直時は三島で警察署長を務めた。祖父延時《のぶとき》は幼くして直時と死別。貿易商を志し、横浜、神戸、さらに妻子を三島に残して中国・上海へ渡り、三五年に客死する。

延時の長男博は父親不在の下で苦学し、上京の望みもかなわず教職に就いた。三〇年、同じ小学校の教員だった梅原綾子と結婚する。教員、教組委員長として多忙な生活を送りながらも、「彼自身の自覚においては、歌誌「菩提樹」の主宰者として終始一貫努力しつづけた」。また、「徳川時代に旗本だったという、家系の誇りをかたく身に持していた人で、その雰囲気は終生かわることがなかった」(大岡信「編者あとがき」『大岡博全歌集』)。

大岡信は三島南尋常小学校を経て四三年、沼津中学に進学した。三島から沼津へは旧東海道上を走る路面電車(六三年廃止)で通ったという。

富士山南麓に位置する三島は東海道の宿場町として発展したところで、水の豊富な地である。五十三次の東隣は箱根、西隣が沼津。大岡は幼時よく川で遊んだことをしばしばつづっている。「三島は川の町だったから、藻や水草に情動を刺激されることが多かった」(『批評の生理』)。「水の詩人」とも呼ばれるように、詩の中に水や藻類のイメージが頻出するのみならず、言葉のきびきびした流動性、波立つ水面が陽光を反射するごとき輝きは、終生変わらぬ彼の作品の特質を成した(この項は詩集『捧げるうた　50篇』の「後日の註」、『大岡信・全軌跡　年譜』、『自選　大岡信詩集』所収の略年譜などによる)。

第1章
霊感と批評
『記憶と現在』,『現代詩試論』, 詩誌 『櫂』

結婚前(1956年ごろ)の大岡信とかね子(撮影=石川周子)

1　朝鮮戦争の時代

水を得た魚のように

大岡信は一九五〇(昭和二五)年春、旧制一高から東京大学文学部国文科へ進む。一高でフランス語クラス(文科丙類)にいてフランス詩に親しみを深めていた彼は、当然のように仏文科に行くつもりでいたが、「学制改革にともなう試験方式の変更に気づかず」(前掲『自選　大岡信詩集』略年譜＝三浦雅士作成)国文科へ入ることになった。大岡の学年は旧制高校を卒業した最後の代であり、戦後の学制激変の時代だった。

しかし、これは挫折というより展開をもたらしたようだ。一高・東大で一学年上に当たり、大学では同人誌仲間だった山本思外里《しげり》[一九二九生]は「大岡が国文科に進んだのは、かなり決定的な意味を持ったと思います」と話す。「彼は語学の天才で、学生時代からフランスの詩を翻訳していたけれど、国文科で日本の古典文学を勉強したことが『紀貫之』など、のちの幅広い仕事につながったのではないでしょうか」

『詩への架橋』その他に大岡が回想を記した一高・東大時代の文学活動は生き生きとして、

まさに「水を得た魚」を思わせる。一高ではクラスの回覧雑誌『サンジュ・ヴェール』(フランス語で「緑の猿」の意)を作り、フランスの象徴派詩人、レミ・ド・グールモン〔一八五八〜一九一五〕の詩の翻訳数編を載せた。同誌には沼津中以来の友人で東洋史学者の重田徳《あつし》〔一九三〇〜七三〕、のちに推理作家・佐野洋《よう》となる丸山一郎〔一九二八〜二〇一三〕、マスコミ研究者・東京都東久留米市長となった稲葉三千男〔一九二七〜二〇〇二〕らが参加している。

また、年一回発行された一高文芸部の機関紙『向陵時報』に、大岡は二年の時、詩「ある夜更けの歌」を投稿した。四八年一一月に出た同紙一六五号に掲載され、「詩が活字になったはじめての経験」(前掲『詩への架橋』)となる。三好達治〔一九〇〇〜六四〕の影響を自ら認める、その詩の最初の一連と最終連を引く。

街路樹に堕ちてゐる灯は消えいりさうだ
僕の体はまた暗い翳に溶けいるだらう
心は濡れた海綿のやうに闇を吸つて膨れてゐる

(……)

さあ僕よ　都会の乾いた光には別れを告げて
そして甘い記憶にも別れを告げて
(優しさは僕の息をつまらせる)
闇の中を歩いてゆかう

同号の編集委員は一学年上の日野啓三(一九二九〜二〇〇二)で、翌年には大岡が後を継ぐ形で『向陵時報』最終号の編集を手掛ける。のちに作家として活躍する日野は山本と同級で親しく、二人は大学卒業後、一緒に読売新聞記者となる。その一年後に、大岡も丸山とともに同社へ入るという縁だ。

大岡が大学へ進んで間もなく、日野、山本、丸山、稲葉らとの一高同窓仲間で回覧雑誌『ヴァンテ』(「二〇代」の意)を作っている。これを五号出した後の五一年三月、同じメンバーを中心に、ガリ版刷りの同人誌『現代文学』が創刊された。翌年七月の五号まで続く同誌に大岡は、のち第一詩集『記憶と現在』(五六年)に収められる作品などを精力的に執筆していく。

デビューはエリュアール論

大学時代の活動はのちの大岡を考えるうえで重要なものが多いが、フランスのシュールレアリスム（超現実主義）の詩人、ポール・エリュアール〔一八九五～一九五二〕との文学的出会いもその一つだ。自ら数編の詩を訳して『現代文学』に載せたほか、一九五二年一一月に一号だけ復刊・発行された同人誌『赤門文学』に評論「エリュアール」を書いた。エリュアールの詩の「そして空はお前の唇の上にある」という一行から受けた衝撃とともに、この「詩人との出会いのよろこび」が伝わってくる文章である。くしくも同じ月にエリュアールは死去した。

この論は詩人・作家・評論家の中村真一郎〔一九一八～九七〕によって翌五三年、文芸誌『文學界』三月号の「同人雑誌評」に取り上げられた。「これは詩論としても、エリュアール論としても、ぼくには出色のものに思はれる。ぼくは読みながら感動した。そして、作詩の衝動が湧いて来た」と、中村は極めて高い評価を与えている。のちに評論集『詩人の設計図』（五八年）に「エリュアール論Ⅰ」として収められるが、その後、詩と詩論の両方で旺盛な執筆を繰り広げていく大岡らしい「デビュー」だった。

東京での大岡の学生時代はほとんど敗戦後の占領期と重なる。彼は後年、大学の頃を次のように書いている。

朝鮮戦争の時代である。血のメーデー、火焔ビンの時代。武井昭夫《てるお》が全学連の伝説的な委員長として活動した時代。アラゴンやエリュアールが抵抗詩人として絶大な人気を博していた時代。……国文学科研究室は東大でも最も急進的な研究室のひとつだったように思うが、ぼくはあまり出入りしなかった。活動家たちの自信と自恃にみちた叱咤激励は、肉体的にどう仕様もない違和感をよび起すのだった。……ただ、詩だけは信じられると思っていた。ぼくが言葉を書くと、その言葉はたしかに呼吸し、動きだすように思われた。

（「わが前史」『現代詩』一九六三年八月号）

朝鮮戦争は五〇年に勃発した。「血のメーデー」は五二年、皇居前広場で行われた日本の独立回復後初のメーデーで、デモ隊の一部が暴徒化し、警官隊と衝突、多数の死傷者を出した事件を指す。全学連は全日本学生自治会総連合（四八年結成）の略で、学生運動の総本山という以上に共産党の強い影響下に左翼の諸闘争をリードしていた。武井昭夫［一九二七〜二〇一〇］はその初代委員長である。ルイ・アラゴン［一八九七〜一九八二］はフランスの作家・詩人で、ナチズムへの抵抗で知られた。東西対立下、隣国での激突を受けて日本では再軍備、レッドパージが進む一方、共産党が武装闘争方針を打ち出し（五五年に放棄）、左翼運動は過激化していた。

暗鬱な青春の「時代感覚」

大岡は世の動きに背を向け詩の世界に立てこもっていたかのようだが、そうではない。彼には次の一連で始まる詩「一九五一年降誕祭前後」(『記憶と現在』所収)がある。

雨に濡れた椅子から垂れさがる　死
公園のこちらの隅から煙っている街はずれまで
黒塗りの静かな椅子の葬列……
おれたちの青春は雨にうたれている

まさに「朝鮮戦争の時代」の副題を持つ作品は五二年五月、『現代文学』四号に発表された(初出時の題は「一九五一降誕祭前後」)。占領終結の翌月である。中ほどには「紙上に撒かれた鉄の粒子／黒い磁場に整列する／日本列島……」という言葉があり、以下の一連で閉じられる。

雨にうたれる黒塗りの青春
死を分泌しそれによって肥ってゆくおれたち

腐敗はすでに純潔の影の部分
その人知れぬ成熟にほかならぬ
みよ　灰色の曙に
陰湿の地にふるえる影をおとしている茸のむれ
おびただしい流血に
地の塩は　おれたちにはもう
過剰である

フランス文学者・文芸評論家で、ほぼ同時期に東大で学んだ菅野《かんの》昭正〔一九三〇生〕は編著書『大岡信の詩と真実』(二〇一六年)でこの作品を引き、「時代感覚」を大岡の特徴の一つに挙げている。「暗鬱な時代に青春を生きなければならない若さの感覚、感情を……低い音調で沈静に訴えかけるような詩」だと。焦土から立ち上がったばかりの日本に、再び迫る戦火が影を落とした。それは皮肉にも「特需」をもたらし経済復興を後押ししたのだが、二〇代初めの青年を覆った重苦しい感情がここには確かに定着されている。

大学時代に知り合って以来、付き合いの深かった菅野に聞くと、左翼学生が多く、共産党に入党する者も少なくなかった当時、菅野も大岡も「左翼では決してなかったけれど、反戦意識はかき立てられた。自然と社会意識、政治意識を持たざるを得ない精神的状況がありました」。まさにそのような「時代感覚」を、この作品は表現しているという。

イデオロギーの枠組みを超えて

しかし、大岡の作品でこうした社会派ふうのものは異例である。学生時代を知る人々の証言からは、むしろ彼が伸び伸びと文学の世界へ羽ばたいていった様子が伝わってくる。のちに読売新聞社会部長などを務めた山本思外里は「『現代文学』同人の多くは非政治的でした」と話す。ただ、単に無関心というのとは違った。「僕たちは、日本の本来あるべきものが失われ、どこかで間違ったから敗戦・占領に至ったと感じていました。本来の日本を見つけて、そこへ返らなければならない、それが自分たちの責任だと。僕たちは文学活動によって新しい日本人を作りたい、そんな気持ちでした」

大岡と一高・東大の同期で『現代文学』に参加し、のち朝日新聞社長を務めた中江利忠《としただ》〔一九二九生〕は、学生運動に熱心だった自分に対し、「大岡は超然としていた」と印象を語る。「詩を文学の根幹と考え、追求しました。その姿勢は生涯、一貫していましたね」。中江が編集局次長をしていた一九七八年秋、大岡の「折々のうた」連載の話が持ち上がり、その際、執筆を引き受けさせるのに説得に当たるという巡り合わせとなる。

振り返れば、「一九五一年降誕祭前後」と、恋愛詩「海と果実」は同じ五二年五月に発表されていた。「海と果実」を改題した「春のために」については次節で述べるが、これらがほぼ同時に書かれたことは、大岡の詩的想像力が初期から持っていた幅の広さを象徴しているだろう。それは二篇を収めた詩集『記憶と現在』が示した作品世界の豊かさでもあった。

菅野の指摘する「時代感覚」とは、この点でもまさに言い得て妙であって、大岡が備えていたものは時代の理念や認識というより、やはり時代感覚としか呼べないものであったように思われる。つまりはその時代が突きつけてくる政治性、社会性も、彼にとっては自らの感官により全体として把握されるのであって、決して予め設えられたイデオロギーや思考の枠組みによって規定されるものではなかった。言い換えれば、すべてはまず身体によって受け止められたのであり、頭による論理操作が先に立つことはなかった。

やや先走りすぎたが、とりわけ大岡の前半生は日本の政治的激動の時期に当たっていただけに、このような彼の特徴の原型をとりあえず押さえたうえで、その後の本格的な創作と時代の関係を探っていきたい。

2　「感受性の祝祭」の到来

未発表詩「暗い窓から」

本稿を新聞に連載中の二〇一八(平成三〇)年七月中旬、大岡信の未発表の詩が静岡県裾野市の自宅で見つかったのを知った。旧制一高在学中の一九五〇(昭和二五)年二月に創作されたとみられる「暗い窓から」と題する散文詩だ。

「確かにこの詩を見せられた記憶があります。信さんの家へ行った時に、ノートを見せてくれました」。大岡の妻かね子[一九三〇生、旧姓・相澤]は、自宅のテーブルに古びた大学ノート(終章扉写真参照)を置き、取材に訪れた私に語った。五連からなる詩の全文を掲げる。

暗い窓から

さうだ、私はここにゐる、すつかり行手に絶望して、この硝子張りのひとやのなかに。硝子のむかふにあなたがゐる。あなたの顔がしきりにうごく。私になにか問ひかけながら。

いけない、いけない、こちらを向いては。黒々とした瞳の奥に、おそろしく深い湖がある。ゆらめく波が私の心に餘波を起す。私はあなたを恐れてゐる。

さうだ、あなたは私の救ひではない。私もあなたの救ひではない。世界のどこにも救ひはない。愛しあつた不幸ゆゑに昇天する無数の暗い魂で天はしだいにかきくもる。

世界がひとつの塔になり、私達はそのなかほどに投げられてゐる。身のまわり《ママ》だけ明るくしてゐる灯影をいだいて。塔はらつぱの形をして上に拡がり不安を増し、そのまま天に溶けてしまふ。

いけない、いけない、笑みかけては。たまたま隣に私がゐた、それだけなのだ。残忍に裂かれることを恐れるなら、いけない、いけない、この硝子戸を越えてきては。

（1950・2月下旬）

ノートの表紙には「エチュード(ポエジー)」(習作・詩の意)とフランス語で記され、詩は万年筆で書いていた。三〇冊以上が残された詩稿ノートの中でも最も初期の一冊で、一高時代の四七〜五〇年に作ったとみられる五〇数編がつづられていた。推敲の跡があり他にも未発表の作品が含まれている。「夏のおもひに」「青春」「水底吹笛」といった著名な初期作品も入っているが、ノート冒頭には「すべてこれらの試作は破棄さるべきものである。ただ私の弱々しい記憶がそれを為さしめないのである」という「1949・6・中旬」の記述もある。ノートの存在自体は知られていたが、大岡の没後、かね子が資料を整理する中で目を通し、「暗い窓から」が全詩集にも収録されていない作品だと気づいた。

五〇年二月は大岡が他の女性に対する失恋の後、中学時代の友人を介して二年前に知り合ったかね子との新たな恋愛を意識し始めた時期である。同年四月には東大へ進学する。当時、二人は一九歳。「硝子のむかふ」にいる「あなた」に強く引かれながらも、若者らしい恋愛への恐れを「いけない、いけない」というリフレインで表現し、音楽性に富んでいる。

「毎日新聞」二〇一八年七月一六日朝刊でこの未発表作について報じたが、その際に評価を聞いた三浦雅士は次のように述べていた(「深瀬さん」とあるのは、かね子の劇作家としての筆名・深瀬サキを指す)。

「ナイーブな感情を直接的に吐露している。大岡さんが深瀬さんに捧げた恋愛詩の中でも最も初期の作品で、一編の詩として優れている」。「大岡さんの詩人としての足跡を考える時、深瀬さんとの出会いは決定的に重要で、この作品が発見された意味は大きい。語の反復などに恋愛に対する青春期の初々しい心の迷いがよく出ている。発表されなかったのが不思議なほど優れた詩で、時代を超えて今の若者の愛唱にも堪える作品だ」

「魂の向日性」持つ女性

かね子は沼津市生まれ。従来、交際の始まりは一九五〇年九月に沼津中学の後身、沼津東高校講堂で開催された音楽会の帰り道、顔を合わせてからとされてきた。しかし、この詩はそれよりも半年余り前、既に大岡が彼女に強く引かれていたことを示している。かね子は「見せられた当時、そういう気持ちは分かりませんでした。むしろ迷惑がられていると思ったくらいで、その年の三月から八月まで私は関西の親戚のもとで過ごしました」と私に語った。

秋に再会した二人は互いの存在を明確に意識し合った。この時期、三島の自宅から東京へ通学していた大岡は、以後、かね子の家に度々足を運ぶようになる。小学三年で母を亡くし、父は再婚して、彼女は母方の祖母と三歳下の妹との三人暮らしだった。やって来た大岡に、祖母はカツ丼などを食べさせることもあった。「その頃は不機嫌で無口な人でした。うちに来ても、ほとんど話さず、柱に寄りかかって本を読んでいるんです。詩は見せてくれていましたけれど」

同年末には二人で駿豆鉄道(現・伊豆箱根鉄道)に乗って伊豆長岡まで「遠足」に出かけた。「立原道造やリルケの話をしたのを覚えています」。翌年春に大岡は再び東京で下宿生活を始め、夏ごろにはかね子も親戚を頼って上京し、交際は深まっていく。

だが一見ほほ笑ましそうな恋愛は、結婚を意識し始めた時、大きな壁にぶつかることになる。大岡の両親が反対したためだ。かね子の家の複雑な事情や、士族出身の大岡家側のこだわりが背景にあった。ようやく五七年に結婚が成就するまでの間、二人が障害を乗り越え得たのには、かね子の天性の明るさ、社交的な懐の深さがあったと思われる。両親と対立し、暗礁に乗り上げていた時期、大岡が叔父へ出した手紙には、彼女の備えた稟質として「魂の向日性」を強調した記述がある(大岡家所蔵資料)。

恋愛詩「春のために」という転機

古今東西を問わず、文学において恋愛は中心的な主題となってきた。詩についても、というより、詩こそまさに恋愛を主要な源泉とするものだ。大岡の詩に関しても、恋愛、殊にかね子との出会いはターニングポイントとなった。彼女に宛てて、大岡は結婚後も含めて生涯に数多くの詩を捧げたが、最も名高いのは「春のために」だろう。全編を引く。

砂浜にまどろむ春を掘りおこし
おまえはそれで髪を飾る　おまえは笑う
波紋のように空に散る笑いの泡立ち
海は静かに草色の陽を温めている

おまえの手をぼくの手に
おまえのつぶてをぼくの空に　ああ
今日の空の底を流れる花びらの影

ぼくらの腕に萌え出る新芽
ぼくらの視野の中心に

しぶきをあげて廻転する金の太陽
ぼくら　湖であり樹木であり
芝生の上の木洩れ日であり
木洩れ日のおどるおまえの髪の段丘である
ぼくら

新らしい風の中でドアが開かれ
緑の影とぼくらとを呼ぶ夥しい手
道は柔らかい地の肌の上になまなましく
泉の中でおまえの腕は輝いている
そしてぼくらの睫毛の下には陽を浴びて
静かに成熟しはじめる
海と果実

前述の通り一九五二年五月、初め学内新聞「東大文学集団」に「海と果実」の題で発表されたこの詩は、大岡の初期代表作であるにとどまらず、詩人・作家の清岡卓行［一九二二〜二〇〇六］が「戦後詩全体における、一つの輝かしいバラ色の約束」（『日本詩人全集34　昭和詩集（二）』）と形容したように、戦後に書かれた恋愛詩の中でも傑作に数えられる。

この詩に象徴される「転機」が、人生のそれであるとともに詩におけるものであることは大岡もよく自覚していた。前掲「わが前史」にはこうある。

ぼくの詩は、エリュアールを読みふけった時以来変ったと思っている。『記憶と現在』の中でもそれははっきりしていて、その転機となった作品は「春のために」という詩だった。……ぼくはさきざきどんな風になってゆくのかわからない恋愛をしていて、神とか、あるいは何とも名付けようのない、手の届かないところに支配的に存在している恐ろしい見えない実在のことを、しょっちゅう考えていた。……ぼくのそのころの詩には、そういう意味での過剰な欲望と夢があるように思っている。

そして、広く共感を呼んだのは、この詩にうたわれた「春」が戦後そのものの青春期の象徴でもあり得たからに違いない。独立回復の翌月、世に出たことも一つの証しである。

「ぼくらの腕に萌え出る新芽／ぼくらの視野の中心に／しぶきをあげて廻転する金の太陽」。この印象的な一節から読み取れるもの――東西冷戦、朝鮮戦争といった現実が一方にありながらも、当時の日本人、とりわけ若い世代は「萌え出る新芽」に、「金の太陽」の到来に、希望を見ていたということではないか。さらに、光あふれる言葉の連なりは時代を超えた普遍的な青春の像を指してもいた。だから愛唱され続けているのだろう。

吉本隆明の「第三期の詩人」論

大岡は一九五三年春に東大を卒業、読売新聞の外報部記者となる。ここから三、四年の間に彼は詩と詩論の両面で目覚ましい活躍を見せた。いや、むしろ同世代を代表する詩人・評論家として認められ、以後、半世紀以上、旺盛な活動は切れ目なく続いたといっていい。

五〇年代前半から半ばごろにかけての詩壇の状況を概観しておこう。何といっても詩誌『荒地』の存在が大きい。鮎川信夫［一九二〇〜八六］、田村隆一［一九二三〜九八］ら戦前にモダニズム詩から出発し、第二次世界大戦を兵士や動員学徒などとして体験した世代を核とする人々が参加し、「現代は荒地である」という意識を共有していた。

その一方にプロレタリア詩の系譜を継ぐ関根弘［一九二〇〜九四］らの詩誌『列島』があり、さらに高村光太郎［一八八三〜一九五六］、三好達治、金子光晴［一八九五〜一九七五］、草野心平［一九〇三〜八八］といった戦前以来の「既成詩人」も存在感を持っていた。いわば三派鼎立の状態に、五〇年代に入って二〇歳前後から二〇代の世代、つまり大岡の前後の若い詩人たちが次々と登場してきたのが当時の構図だった。

こうした新しい動きを視野に入れつつ早い段階で日本の詩の歴史を描いたのが、吉本隆明［一九二四〜二〇一二］である。五四年に『荒地』同人に加わる吉本は、同年の論文「日本の現代詩史論をどうかくか」で、「日本の現代詩」を二〇年代後半〜三〇年代末の第一期、四〇年代初め〜五〇年頃の第二期、五〇年頃以降の第三期に分けたが、大岡らに衝撃を与えたのは次の部分だった。

> 現代詩の、第三期の特長は、谷川俊太郎　中村稔　山本太郎　大岡信　中江俊夫　など、詩意識のなかに、実存的な関心も、社会的な関心も、もたない詩人たちの出現によって、もっとも、するどく象徴することができる。（引用は『吉本隆明全集４』）

名指された一人、中村稔［一九二七生］は「大岡さんや谷川さんはそうかもしれないが、僕はそんなことはないと思った」と、当時の思いを私に語った。中村は大岡や谷川俊太郎［ともに一九三一生］より四歳年長であり、名前の挙がった五人では最年長の山本太郎の生年が二五年（一九八八年没）、最年少の中江俊夫が三三年と八歳もの幅がある。

「僕は終戦時、旧制高校二年で、ポツダム宣言が出た時、受諾したほうがいいという話を友達としていました。大岡さんは中学三年だから、まだ子供です。わずか四年だけれども、意識は非常に違う」と中村は話した。戦後の社会激変の時代、一〇～二〇代における年齢差は一、二歳でも創作意識のあり方に微妙だが明らかな段差を形作ったと考えられる。ちなみに小説家と重ねてみると、『荒地』の中心的な詩人たちは安岡章太郎［一九二〇～二〇一三］ら「第三の新人」の作家とほぼ同世代であり、大岡たちは後藤明生《めいせい》［一九三二～九九］、黒井千次［一九三二生］といった「内向の世代」に近い。もっとも、一般に小説家よりも詩人のほうがデビューが早いため単純な比較は難しい面もある。

吉本は五六年に発表した「戦後詩人論」でも、「第三期の詩人たち」という規定を維持し、飯島耕一［一九三〇～二〇一三］、茨木のり子［一九二六～二〇〇六］らの名前を付け加えている。

「感受性の王国としての詩」

一〇年余りのちに刊行した評論集『蕩児の家系』（六九年）で、大岡は「一九五〇年代の詩人たち」に「感受性の祝祭の時代」という表現を与えた。これは、ほぼ吉本の「第三期の詩人たち」に対応するもので、以後、今日まで大岡らの世代のキャッチフレーズとして流通している。それだけ説得力があったのだろう。彼はこう書いた。

詩というものを、感受性自体の最も厳密な自己表現として、つまり感受性そのもののてにをはのごときものとして自立させるということ、これがいわゆる一九五〇年代の詩人たちの担ったひとつの歴史的役割だったといえるだろう。それは、ある主題を表現するために書かれる詩、という文学的功利説を拒み、詩そのものが主題でありかつその全的表現であるところの、感受性の王国としての詩という概念を、作品そのものによって新たに提出した。その意味で、一九五〇年代の詩は、何よりもまず主題の時代であった「荒地」派や「列島」派に対するアンチ・テーゼとして出現した。（傍点は原文）

　これは吉本の批判に対する応答であり、自らの世代を、歴史や政治といった主題を超える「感受性」の担い手として積極的な意味で位置づけ直したものといっていい。なお、大岡は同書で、山本や中村を「感受性の祝祭」の世代には含めず、別に扱っている。とはいえ、例えば茨木を含めているから、生年で割り切れる問題ではないのだろう。

「感受性そのものの祝祭としての詩」の例には、谷川『六十二のソネット』、飯島『他人の空』（ともに詩集は五三年刊）などの名高い作品が引かれている。では大岡自身の作品から挙げるとすれば、どういう詩になるか。

人は知っているだろうか
水には幾重も層があるのを
水底の魚とおもてに漂う金魚藻とは
ちがった光を浴びている
それがかれらを多彩にする
それがかれらに影を与える

五四年に出た書肆ユリイカ版『戦後詩人全集第一巻』に収録された大岡の詩一〇編のうちの一つ、「生きる」の第一連である。これらは五六年刊行の第一詩集『記憶と現在』にも収められた。要するに、まだ詩集を出していない彼の作品が、計二九人の「戦後詩人」から成るユニークな選集(全五巻)に入ったのだ。『戦後詩人全集』については後述するが、その第一巻には大岡のほか、中村、山本、谷川、那珂太郎[一九二二〜二〇一四]、新藤千恵[一九二〇生]の五人の作品が収録された。

「僕より年少の詩人で、敬意を払っている人としては大岡さんが一番です」。そう語る中村は、「『荒地』の詩は、鮎川さん、田村さんを中心に戦後の一つの時代を作った。そのあとの時代を大岡さんが中心になって動かしたといえます」と述べた。

3　新たな詩表現を求めて

伊達得夫と那珂太郎

一九五四(昭和二九)〜五五年に『戦後詩人全集』を出版した、伊達得夫《だてとくお》〔一九二〇〜六一〕が社主の書肆ユリイカは、雑誌『ユリイカ』(第一次、五六〜六一年)を刊行した戦後詩史上の伝説的な出版社である。大岡信にとっては『記憶と現在』と初めの二つの評論集(『現代詩試論』『詩人の設計図』)の版元でもあり、関わりが深かった。

伊達が肝硬変のため四〇歳で早世した際、大岡は詩「会話の柴が燃えつきて」を捧げ、真情をつづっている。その冒頭部分。

会話の柴が燃えつきて
ぼくらがひっそり夜の中で黙ったとき
ひとりの男が荘厳な死体となって

眼の前のさわれない河を
くだっていった
さわれないぼくらの親友
さようなら

著作集第一巻の後書きに当たる巻末談話によれば、二人の交渉は伊達からハガキが届き、東京・神田神保町の「昭森社ビル」に呼び出されて始まる。五二年の占領終結から二年。「経済白書」が「もはや戦後ではない」と書くのは二年後で、戦後復興の途上にある日本はまだ貧しかった。

ビルといっても木造二階建ての建物は、これまた多くの詩人たちが出入りした伝説的な場所だ。さして広くない二階の板の間の部屋に昭森社とユリイカ、のちには思潮社という三つの詩書出版社が机を並べていたらしい。この昭森社ビルに関しては、中村稔『私の昭和史　戦後篇・下巻』に詳しい記述がある。

先の大岡の談話によると、伊達は「君の詩を『戦後詩人全集』に入れようと思うんだ」と告げた。そして大岡の詩を同全集に推薦したのは那珂太郎だと明かした。言葉の音楽性を追究する独自の詩風で知られた那珂は後年、同著作集の月報に寄せた文で、大岡を推した理由として詩の印象とともに「同じ筆者の「現代詩試論」といふエッセイ」を読んだことを挙げ、こう記した。

その論旨の正鵠を得てゐることもさることながら、明快機敏に動く思考をうつすしなやかで活性にみちた文章に、目のさめるやうな思ひをしたことが、彼への信頼を決定的なものにしたのだ。

痛烈な鮎川信夫批判

三浦雅士がつとに指摘している通り、「大岡信はまず批評家として登場した」(前掲『自選 大岡信詩集』解説)。大学時代のエリュアール論で注目された大岡は、当時の詩壇の中核的な雑誌『詩学』から依頼を受け、一九五三年八月号に「現代詩試論」を書く。まだ社会に出て間もない二二歳。戦前日本のシュールレアリスム導入を批判したこの論は、「当時シュルレアリスムによって自分本来の資質に何らかの豊かさをくわえた」詩人として西脇順三郎[一八九四〜一九八二]とともに三好達治の名前を挙げるなど、斬新かつ説得力のあるもので、有望な批評家として迎えられた。

続けて大岡は翌年の同誌五月号に「鮎川信夫ノート」を発表する。最も大きな影響力を持っていた荒地派の代表詩人、鮎川に対する根本的な批判を展開した問題作だ。鮎川の詩論の「不明瞭」さを具体例を引いて指摘し、「言ってみれば鮎川氏の思考は言葉を使用する際に関節離脱をくり返している」と断じた。ただ、厳しい批判の一方で大岡は、荒地派の詩人たちの独自性が、通常いわれた戦時体験に基づく現実認識ではなく、「語の組合せによる言葉の秩序、つまり意味の秩序の新しいあり方を提示した」ことにあると、新鮮な位置づけも行った。両者の関係に詳しい三浦が「あの鮎川論は罵倒だが、大岡さんは鮎川さんを尊敬していた。尊敬していなければ罵倒しない」と、私の取材に語ったゆえんだ。

また、この痛烈な批判に鮎川は「度量を持って対応した」と三浦は話す。「参ったなと感じたはずですが、大岡さんの才能に一番敏感に反応したのも鮎川さんでした。だから「理解魔」という評価も出てきた」

「理解魔」という表現は鮎川が六九年に書いた、『蕩児の家系』の書評に出てくる。揶揄的なニュアンスはあろうが、必ずしもマイナスの意味ではない。近代から戦後詩まで、さまざまな個性の詩人たちを論じた大岡の著作を、鮎川は「偏見なく対象に接近し、柔軟な感受性をもって、その詩的創造の秘密な核心にまで批評の錘をとどかせる」(引用は『鮎川信夫全集　第四巻』)

などと高く評価していた。

大岡自身はのちに著作集第四巻の巻末談話で、「鮎川信夫ノート」について「自分が強い関心と敬意を抱いている詩人に対してひどいことを言っている。何だか揚げ足取りのようなことまで言っている、という感じがして、嫌気がさした」と述べている。

大岡は精力的に批評の執筆を続け、五五年に初の単著として『現代詩試論』を出版する(「鮎川信夫ノート」は別に他の詩人論などとともに『詩人の設計図』に収録)。「最初に詩集を出したいと思っていたのが、詩論集が先になっちゃって、ちょっと残念な気がしたことをおぼえてます」。新聞社で働いていた当時、「勤めから帰り、下宿で簡単な食事を済ますとすぐに、ノートをひろげて書いてゆくということを毎日つづけてやった」という生活だった(同巻末談話)。

「前衛短歌」論争の意義

一九五六年の雑誌『短歌研究』三月号に、「論争　前衛短歌の方法を繞《めぐ》って」のタイトルで二本の論文が掲載された。「想像力と韻律と」と題する大岡の文章と、それを前もって読んで書かれた歌人、塚本邦雄[一九二〇〜二〇〇五]の「ガリヴァーへの献詞　魂のレアリスムを」である。塚本論文の表題は、大岡が文中で、系統的に歌集や短歌雑誌を読んでいないとして、自らを「大人国を訪れたガリヴァー」になぞらえたところからきている。

翌四月号に大岡が塚本に対する反論を書き、五月号で塚本が応酬。さらに六月号に大岡、八月号に塚本がそれぞれ書き継ぐとともに、他の歌人、詩人、俳人も次々と同誌に寄稿し、議論に加わる形となった。論争を仕掛けたのは同誌編集者の杉山正樹《せいじゅ》［一九三三～二〇〇九］である。この人は翌五七年、吉本隆明と歌人の岡井隆［一九二八～二〇二〇］による論争を、五八年には詩人の嶋岡晨［一九三二生］と歌人の寺山修司［一九三五～八三］による論争を相次ぎ企画、展開した。近代以降の短歌論争史に詳しい歌人の篠弘［一九三三生］は、一連の論争によって「前衛短歌の意図や性格が明らかになりました」と取材に答えて指摘した。

前衛短歌とは、塚本、岡井、寺山らを中心に、この日本古来の詩表現に大きな変革をもたらした運動だ。「［明治以来の］近代短歌を根本的に見直し、社会批判や比喩的表現、美意識の飛躍といった実験的な試みを進めた」と篠が語る運動は、まさに途上にあった。

大岡は最初の論文で塚本を含む新しい世代の歌人たちの作品を引き、それらに共通するパターンとして「短歌的な調べと一般に感じられている調べがほとんど完全に破壊されていること」などを挙げた。そして「短歌における想像力の回復」のための鍵として「新しい調べの発見」を提唱した。これに対し塚本は、伝統的な七五調や「上句、下句二句に区切ること」によって生じるものを「短歌に於ける韻律の魔」と呼び、「調べが破壊されていることに気づいて貰えれば寧ろ本懐だ」と反論する。「韻律を逆用して、句切りは必ず意味とイメージの切目によること」こそ「新しい調べ」だと応じた。

背景には、戦後間もなく提出された桑原武夫〔一九〇四～八八、仏文学者〕の「第二芸術」論、小野十三郎《とおざぶろう》〔一九〇三～九六、詩人〕の「奴隷の韻律」論などの短歌（俳句）批判がある。これらは戦時下、多くの歌人らが国策に協力し、愛国歌、戦意高揚歌を作った事実を踏まえ、伝統的な詩型としての短歌の存在意義に根本的な疑念を投げるものだった。塚本の「韻律の魔」といった表現もここに由来する。

歌壇では短歌批判によるショックと反省の中から、近藤芳美〔一九一三～二〇〇六〕、宮柊二〔一九一二～八六〕ら戦後派歌人の台頭も経ていた。しかし、篠によれば、戦後派までの作品は「寂寥感、孤立感、生きることの虚脱感といった近代短歌のライトモチーフ」の延長上にあった。それに対し、五四年ごろから塚本ら、さらに年少の「戦後に育った歌人たち」が登場してくる。彼らによって生み出されたのが「現代短歌」であり、その「イメージを明確にした」のが大岡―塚本に始まる三つの論争だった。篠自身、当時若い歌人の一人として、関心を持って読んだという。

杉山はのちに書いた寺山修司の評伝で、大岡を論争に引っ張り出した理由を、詩論にかねて注目していたこと、「父親の大岡博が「菩提樹」の主宰者で、短歌や俳句にも精通」していたことを挙げた(『寺山修司・遊戯の人』)。大岡自身は論争について、当時の新しい短歌が「現代詩の方向と非常に似通ったものを持っているように思えた」、「近く見えたから逆に欠点を暴くのに性急だったかもしれない」と語っている(著作集第五巻、巻末談話)。

篠は大岡―塚本の応酬を「現代における詩としての短歌の方法」が追求された「方法論争」と名付け、「方法としての想像力の拡大という点では二人は一致していた」と評価する。「三つの論争の中で一番、当時の若い歌人に衝撃を与えた。定型を守りながらも調べをイメージで切っていくという塚本さんの考え方は、今の歌人にも影響を与えています」と私に語った。

重要なのは最初の「想像力と韻律と」の中で大岡が次のように書いていたことだろう。

詩人というものは霊感を受けるものであるよりも、霊感を与えるものでなければならない……詩人は自己の想像力を解放することによって、さらに一層強く読者の想像力を解放しなければならぬということだ。

念頭にあったのは、普遍的な「現代における詩」をめぐる問題だったのだ。

大岡は同巻末談話で「塚本さんの俳句界における同志」だった俳人の高柳重信〔一九二三～八

三]と論争を通じて知り合い、「現代俳句、特に戦後の俳人たちの作品を知ることになりました」とも述べていた。塚本や高柳は、現代詩における荒地派の世代に当たる。

この時期、広い意味での「戦後育ち」の詩人・歌人・俳人の間に、新たな詩表現を生み出す意欲が共有されていたのは興味深い。後年の『折々のうた』では現代の短歌、俳句も多数紹介される。論争は大岡が批評の対象領域を拡大するきっかけの一つともなった。

初めから別格だった『櫂』

二〇一八(平成三〇)年、戦後の代表的な詩誌の復刻版シリーズ「コレクション・戦後詩誌」の第一二巻『感受性の海へ』が刊行された。収められたのは詩誌『櫂』(一~一二号)である。これを見ると、一九五三年五月の創刊号は、アート紙でわずか六ページ。茨木のり子と川崎洋[一九三〇~二〇〇四]二人の詩一編ずつが掲載されているだけだ。まことにささやかな出発だったが、二号以降には、谷川俊太郎、吉野弘[一九二六~二〇一四]、水尾比呂志[一九三〇生、美術史家]、中江俊夫、友竹辰《たつ》[一九三一~九三、本名・正則=声楽家]、大岡信、岸田衿子[一九二九~二〇一一]といった当時二〇代の有力な詩人たちが次々と加わった。

一九五三~五四年は若い世代による詩誌の創刊が相次いだ時期でもあった。代表的なものに

『貘』『氾』『砂』(創刊順)などがある。自らも詩人として出発した小田久郎《きゅうろう》〔一九三一生〕は、この「新しい感受性に沸きたつ「新人の季節」」について、「『櫂』を別格として、私ないしはこれら同世代の詩人たちは、「ハン、バク、スナ」と三誌をあたかもひとつのグループのなかの三つの傾向のように呼びあっていた」と書いた(『戦後詩壇私史』)。小田は五九年に雑誌『現代詩手帖』を創刊した思潮社の社主である。『櫂』は第一次(後述)の段階、つまり創刊間もなくして既に「別格」視されていたわけだ。

「櫂」連詩座談会で集まった同人たち．左から吉野弘，茨木のり子，岸田衿子，大岡信，水尾比呂志，川崎洋，谷川俊太郎，友竹辰，中江俊夫(1978年5月，撮影＝宮内勝)

「それは参加メンバーが別格だったから」。少し下の世代の詩人、北川透〔一九三五生〕に聞くと、こう答えが返ってきた。ただし、

『櫂』は五五年までに一一号を数え、二年後に『櫂詩劇作品集』を出した後、いったん「解散」する。北川が「『櫂』が雑誌として、それほど大きな仕事をしたわけではない」と見るのも、六五年に第二次として復刊するまでの空白によるところがあるだろう。とはいえ、「詩の第一次戦後派に当たる『荒地』『列島』に対するアンチテーゼとして、感覚の復権、感受性の細やかな表現という新しい五〇年代の詩人の立場を示した点で、一つの力を持ちました」とも北川は指摘する。

創刊号の編集後記に川崎は書いている。

> 一つのエコールとして、或る主張を為そうというのではなく、お互のやり方で、自分々々《ママ》の考え方からつくり出された作品の発表の場として、つまり、それぞれのものとしてしか存在し得ない作品、しかもそれが、お互にうなずける創造であるような、そんな作品を示し合っていきたいというのです。

エコールとは学派、流派を指すフランス語である。前の世代の『荒地』『列島』といった詩誌を意識し、広い意味での政治性とはあえて距離を置くという意思表示だった。

復刊後は中断を挟みながらも、九九年の三三号（号数は第一次から継続）まで四十数年も続いた（川崎『交わす言の葉』）。個性がぶつかり合い、対立が生じてもおかしくない表現者の集団としてはまれに思われるほど長続きした。復刻版が二二号(七五年)までしかないのはシリーズ「コレクション・戦後詩誌」の設定年代によるが、『櫂』は二三号(八四年)までの中断が長く、後半は「戦後詩誌」の性格をはみ出したともいえる。

変革の時代の「一つの中心」

大岡が『櫂』同人となり、初めて作品を載せたのは一九五四年九月の八号だが、『櫂』の軌跡が興味深いのは、それが彼の関心の動きを反映していると思われるからだ。第一次は『記憶と現在』の最後の時期と重なり、六〇年代にかけては詩劇や放送詩の試みがある。七〇年代に入ると連詩が始まる。

大岡を「(同世代の中で)一つの中心みたいな重みを持っていた」と語る中江俊夫は、『櫂』に大岡より早く五四年一月の五号から参加した。当時、京都に住んでいたため、大岡に初めて会ったのは五七年夏、神奈川・湘南海岸で開かれた同人の集まりだった。作品の印象から「神経質なやせた男かと思っていたら、実際は太めの童顔でびっくりしました。鷹揚で磊落な印象は後々まで変わらなかった」。兵庫県西宮市の自宅で二〇一八年、私に話した。

中江は「感受性の祝祭」の世代の詩人にとって、敗戦と戦後の変革の時代に直面したことが大きいという。

「僕は国家が持つ領土と、詩の領土は違うと考えました。詩人は言葉の領土をしっかり守ることが責務だと。言葉は教条に侵されてはだめで、あくまで自由でフレキシブルで、いつも新鮮でなくてはならない。感受性の時代を別の表現で言えば言葉の時代です。〔六〇年代に登場した〕一つ下の世代の鈴木志郎康《しろうやす》〔一九三五生〕と天沢退二郎《あまざわたいじろう》〔一九三六生〕は言葉をいわば手玉にとる作業を極限まで進めました」

大岡は『櫂』参加の後、平林敏彦〔一九二四生〕、飯島耕一らが創刊した詩誌『今日』にも加わり、さらに五九年には飯島や吉岡実〔一九一九〜九〇〕らと『鰐』を創刊する。一方で五六年、飯島や美術評論家の東野《とうの》芳明〔一九三〇〜二〇〇五〕らと「シュルレアリスム研究会」を結成し、美術批評も手掛けるなど、活動を多方面に広げていく。代表的詩編の一つ「さわる」はこの時期、五七年に発表された。その第一連。

さわる。
木目の汁にさわる。
女のはるかな曲線にさわる。

ビルディングの砂に住む乾きにさわる。
色情的な音楽ののどもとにさわる。
さわる。
さわることは見ることか　おとこよ。

吉本隆明は二〇〇三年、新聞連載で、大岡を日本で「自覚的にシュールレアリスムの詩を創り上げた」一人に挙げ、この詩を評した。「日本の伝統では人間の感覚の中で枝葉末節に属する触覚というものに、どれだけ多様性があるかが描かれている。……こういう感覚表現の転倒は初めてだったし、一つ上の世代の私たちには驚きだった」（『詩の力』）

「詩友」谷川俊太郎の観察

『櫂』同人のうち、大岡を語るうえで谷川俊太郎の存在は欠かせない。というより、二人は、控えめに言っても一九五〇年代以降の日本の詩を論じる際、逸することができない詩人たちだ。この点、学生時代の八〇年代初めに現代詩を読み始めた私の記憶でも、当時五〇歳前後だった二人の評価は既に定まっていた。

同じ三一年生まれの両者は、互いの仕事をよく知り、理解し合ってきた仲である。谷川は今、大岡を「唯一の詩友《しゆう》」と呼ぶ。

『櫂』への参加は谷川が五三年七月の二号からと早い。中江俊夫を『櫂』に誘ったのも谷川だった。谷川と大岡が知り合ったのは遅くとも五三年末ごろだが、谷川に聞くと、『櫂』の集まりで数カ月に一度会っていても、初めは特別に親しかったわけではないという。「大岡と本当に話をするようになったのは、高田宏さん〔一九三二〜二〇一五、作家、編集者〕が編集した二回の対談からです」と語った。

その対談とは七五、七七年に泊まりがけも含めて行われた長時間のもので、それぞれ『詩の誕生』『批評の生理』として出版された。八〇年代の詩の読者に、これらの対談や、二人の往復書簡『詩と世界の間で』(八四年)がよく読まれたのも、両者が詩壇を代表する存在と目されていたからである。

中でも『批評の生理』では、互いの新しい詩集を一編一編丁寧に批評し合っていて、詩人が自作に込めた意図を如実にうかがい知ることができるという点で、今読んでも興味深い。一例に、大岡の『悲歌と祝禱《しゆくとう》』(七六年)の巻頭に置かれた「禱《いのり》」を挙げる。

覆がへるとも
花にうるほへ

石のつら

途中の一行空きを含めても全四行の短詩だ。谷川は対談で、「花」が現在、「石」が過去を象徴するという鋭い読みを示した。そのうえで「自分自身および自分の生み出す作品が未来においては石であることを願うし、現在においては花でありたいと願う、あなた自身の願望がこめられているのじゃないか」と述べている。

大岡は、花と石が現在と過去の象徴という点は「君の分析を聞くまでは考えていなかった」と応じた。また、詩人の安東次男［一九一九〜二〇〇二］、作家の丸谷才一［一九二五〜二〇一二］と三人で巻いた連句の中で詠んだ「覆がへり花にうるほふ石のつら」が最初の形だったという「内幕」を明かしている。第四章で詳述するが、連句とは五七五と七七の句を交互に連ねる「俳諧の連歌」のことである。

そもそも大岡が安東、丸谷らと連句を始めたのは七〇年にさかのぼる。その面白さを聞いた谷川が「やろうよ」と言い出し、おおむね一行から数行の自由詩を連ねる連詩を『櫂』の仲間で始めたのが翌七一年。『悲歌と祝禱』は、『紀貫之』(七一年)をはじめとする古典詩歌論や連句・連詩の試みを土台として、大岡が言葉の新たな感覚を築き上げた成果だった。歴史的仮名遣いを使うようになった最初の詩集でもある。

取材の際、「僕は大岡の詩よりもエッセーのほうに、ずっと影響も受け、親しみも感じていた」と語った谷川にとって、最も重要な大岡の評論は『うたげと孤心』(七八年)だという。これものちに詳しく論じるが、「うたげ」は歌合や連歌といった日本の古典詩歌伝統の制作の場を指す。そこでは「合す」原理が働くのだが、同時に一見これと相反する「孤心」に還り、独自の表現を研ぎ澄まし得た者だけが優れた作品を創造できたとする斬新な論の提示だった。この論が説得力を持ち、大岡の代表作と見なされてきたのは、古典の深い読みを踏まえつつ、現代の文学創作にも適用可能なものと考えられたからだ。

谷川は八七年以降、大岡とともにドイツなどで何度も外国の詩人たちと連詩を巻いた。「その体験があるから(『うたげと孤心』は)分かりやすかったし、参考になった」と話した。『櫂』の集まりで「ある時期から大岡の独り舞台になったという印象がある」というのも、連詩の会で「彼が宗匠《そうしょう》役を務めたことが大きい」。

大岡が早い時期から日本の古典文芸に目を向け、論じたことについては「やっと現代詩人で正当に日本の詩歌を評価する人が現れたという感じがしました」と振り返った。この見方は大岡が『うたげと孤心』の「序にかえて」に、「敗戦ののち、「日本的」とよばれるようなもの一切に対する、今では想像しがたいような拒否反応が広範囲にわたって生じた」と書いたことと呼応する。

さらに、谷川は大岡の主要な業績に、『折々のうた』をはじめとする「アンソロジスト（選集編者）としての仕事」も挙げた。二一世紀に入ってからも度々対談などを行い、交友を続けた詩人の目は、大岡の多面的な活動のポイントを鮮明に捉えていた。

第2章
越境，また越境
シュルレアリスム研究会，南画廊，パリ

1960年，南画廊での加納光於展にて．左から加納，
大岡，瀧口修造

1　美術という沃野

二一歳の誕生日に贈られた詩画集

話は一九五二(昭和二七)年、大岡信が大学二年の時にさかのぼる。年初、彼は東京・御茶ノ水駅近くの書店で一冊の本を手にした。フランス語の詩画集『視覚の内面・八つの見える詩』。ドイツ生まれで長くパリに暮らしたシュールレアリスムの画家、マックス・エルンスト[一八九一〜一九七六]の作品に、ポール・エリュアールが詩を付けたものだ。シュールレアリスムは二〇世紀前半にフランスの詩人、アンドレ・ブルトン[一八九六〜一九六六]らが創始した文学と美術にまたがる実験的な前衛芸術運動である。

一〇年後の大岡のエッセーによると、この詩画集は限定版で、「一九三一年にマックス・エルンストが制作した、コラージュを主とする「八つの見える詩」という作品群を、一九四六年、ポール・エリュアールが〈できる限り忠実に〉「八つの見える詩」という詩作品によってイリュ、ス、ト、レ[挿絵を付ける意、この場合は逆に絵に詩を付ける行為を指す]したもの」(傍点は原文)だ。当時としては「豪華な本」を「のどから手が出るほど欲しい」と思った大岡は、何度も書店に足を運び、「棚の前へ行っては、まだ売れていないことをたしかめ、安堵の胸をなでおろすことを繰返していた」という(『本が書架を歩みでるとき』)。

二〇一九(平成三一)年一月、大岡の妻かね子から私に電話がかかってきた。遺品中から、一九七九年一〇月に大岡が詩人の鶴岡善久[一九三六生]に宛てて書いた手紙の草稿とみられる文書が見つかったという。そこには「春のために」創作の背景が九枚にわたってつづられていた。

詩作当時、かね子との恋愛をめぐって大岡が結婚に反対する家族と「緊張関係」にあったことなどは前章で述べたが、それを「今までこんなことを明かしたことは一度もなく」と記したものだった。この詩が発表された年、五二年二月一六日の大岡二一歳の誕生日に、かね子から「エリュアールとエルンストの詩画集『八つの見える詩・視覚の内面』を贈られた」とも書かれていた(大岡家所蔵資料)。

鶴岡に尋ねると、「大岡さんと手紙はよくやり取りしたが、その内容には覚えがありません」という答えだった。戦前以来のシュールレアリスム詩人、瀧口修造[一九〇三～七九]と付き合いの深かった鶴岡は「その詩画集はよく知られていた」と話した。五二年二月は大岡がエリュアールの作品を本格的に読み始めてまだ二年足らずであり、シュールレアリスムとの出会いの初期から彼が文学と美術の抜きがたい結びつきに関心を持っていたこと、両者の結びつきを当然の前提としていたことが伝わってくる。「エリュアールの影響を強く受けた大岡さんが、美術にも関心を寄せたのは当然です」と鶴岡は語った。

不可視のものを「見る」

一九五〇年代半ば以降、大岡は詩論にとどまらず、美術をはじめとする幅広い芸術を対象に旺盛な評論活動を行った。最初の本格的な美術評論は五六年の雑誌『美術批評』八月号に発表した「パウル・クレー」であるが、本人の言によれば、詩論を超えた「芸術論的な文章」を初めて自覚的に書いたのは前年六月、季刊誌『ポエトロア』六号に掲載された「ケネス・パッチエン」だという(著作集第一〇巻、巻末談話)。

パッチェン〔一九一一〜七二〕は米国の詩人で、これも基本的に詩を論じたエッセーだが、評論集『芸術マイナス1』(六〇年)に収録した際の「追記」ではパッチェンをビート世代の「先行者」と位置づけ、彼が他のビート詩人たちと試みた「主としてモダン・ジャズとの共演による詩の朗読」に注目している。「アメリカの現代芸術についての、いわば象徴的な意味を帯びた試論として書こうとした」(著作集第一〇巻、巻末談話)意欲がうかがわれる。ビートについては次章で触れる。

そして「パウル・クレー」発表と同じ五六年、東野芳明、飯島耕一らと結成したシュルレアリスム研究会の最初の報告が『美術批評』六月号に載った。同年七月には第一詩集『記憶と現在』を刊行する。スイスの画家クレー〔一八七九〜一九四〇〕は、エルンストらにも影響を与えた巨匠である。詩情ある幻想性をたたえた作品は日本でも根強い人気があり、作家の吉行淳之介〔一九二四〜九四〕や澁澤龍彦〔一九二八〜八七〕、作曲家の武満徹〔一九三〇〜九六〕、谷川俊太郎ら、多ジャンルの人々に愛されてきた。

大岡は「パウル・クレー」で、「あらゆる流派に親近性を示しながら、彼自身はいかなる流派にも属さなかった」画家を、「みずから意識することなしに、二十世紀絵画の胚種そのもの」、つまり、その後華々しく展開していった現代美術の、多様な可能性の種をはらんだ存在と見ていた。また、特徴的な「線」の性質を分析しつつ、一九一八年に書かれたクレーの言葉を引いている。「芸術は見えるものを提示するのではない。むしろ、見えるようにするものだ」。よく知られた一節だが、これは詩に対する大岡自身の信念とほとんど一致する。

例えば五五年発表〔執筆は前年〕の論文「詩の構造」に彼は書いている。

実際、ぼくらが真に「見た」と感ずるのは、不可視のものが現実に可視にされているのを目撃するときである。ヴィジョンという、芸術の最も根源的かつ基本的な要素にしたところで、可視的にされた不可視のものにほかならぬ。

シュールレアリスムにひかれていた大岡が、最初の美術批評の対象にクレーを選んだのは意味深い。のちにも彼は、何度かクレーを論じたが、河出書房版「世界の美術24」『クレー』(六四年)の解説でも、新潮美術文庫の『クレー』(七六年)に寄せた論文「幻想と覚醒」でも、先のクレーの言葉が少し訳を変えながら引かれている。この画家の「詩的要素と建築的要素との結合への夢」(「幻想と覚醒」)を愛し、探索し続けた大岡が、いわばクレーの中に、自らと同じ魂、芸術家としての魂を見たのだとはいえないだろうか。

シュルレアリスム研究会では五八年にかけて『美術批評』と『みづゑ』誌上で計九回、ダダ、アンフォルメル(非定型)、オートマチスム(自動記述)などをテーマに報告と討論を掲載した。参加者には、戦後は主に美術評論家として活躍した瀧口、清岡卓行らの詩人、針生《はりう》一郎〔一九二五〜二〇一〇〕、中原佑介〔一九三一〜二〇一一〕らの美術評論家、仏文学者の菅野昭正らが名を連ね、まさに文学と美術を横断した議論が闘わされた。

同世代の美術評論家、高階秀爾〔一九三二生〕は五年間のパリ留学から五九年に帰国後、新聞の展覧会評の執筆者同士として大岡と知り合った。私の取材に「初めは彼が美術評論家だと思っていました。後で詩人だと知り、驚いた」と話す。欧米と日本で起こった「アンフォルメルなどの抒情的抽象」をはじめとする五〇年代以降の美術の新しい動きに大岡が対応していたと指摘し、その美術評論は「感覚が鋭い人だから、色と形の世界である抽象画を論じる際にも、感覚と結びついた画家の心を巧みに表現したのが特徴です」と語った。

そうした現代美術の展開を示す象徴的な場所が、東京・日本橋の「南画廊」だった。

前衛美術の牙城・南画廊

南画廊は伝説的なトポス——現代詩における昭森社ビルにも似た、いや、それよりずっと華やかな現代美術のそれである。画廊主の志水楠男《くすお》［一九二六～七九］は、大岡の言では「戦後画商界の風雲児」であり、画廊は「二十四年間に約二百五十の現代美術展を開き、いわゆる前衛美術の一牙城」だった（前掲「後日の註」）。志水および南画廊という名前は、日本の戦後美術史に「現代美術のパイオニア」として刻まれている。

一九五六年の開業から志水の急死により七九年に閉じるまで足かけ二四年の間に、何度か場所は移ったが、サム・フランシス［一九二三～九四］、ジャスパー・ジョーンズ［一九三〇生］らの海外の現代美術を積極的に紹介し、山口長男《たけお》［一九〇二～八三］、堂本尚郎《ひさお》［一九二八～二〇一三］、宇佐美圭司［一九四〇～二〇一二］といった日本の抽象画家らの仕事を後押しした。大岡も南画廊を接点として多くの美術家たちと交流を深めた。

志水と親しく付き合うきっかけとなったのは、五九年の「フォートリエ展」である。ジャン・フォートリエ〔一八九八～一九六四〕はフランスの抽象美術家。この時作成したカタログに掲載されたフォートリエ本人や批評家ジャン・ポーラン〔一八八四～一九六八〕らの文章の翻訳を、志水に頼まれて大岡が手掛けた。

大岡は「フォートリエ展」に関して、翌年の『みづゑ』二月号に自ら「フォートリエ」という文章も書いた。のちに「美術論を書く姿勢は、フォートリエ展の頃に一層はっきりしてきた」と語るほど、彼自身にとっても大きな出来事だった(著作集第一〇巻、巻末談話)。六三年に大岡は新聞社を辞める(後述)が、その時、志水から画廊の「相談相手になってくれ」と声がかかり、二人の付き合いはますます深まった。

かね子によると、志水とは「文字通りの親友」で、「毎日のように二人で、また他の画家や批評家と四、五人で連れ立って、銀座のバーを飲み歩いていました。一番楽しい時代だったと思います」。そのように彼女は私に証言した。銀座のバー「ローザンヌ」から「ガストロ」へというのがお決まりのコースだった。こうした生活は、大岡が六五年に明治大学で教え始めてからも続く。

それだけに「オイルショックのような経済事情にみじめにやられ」「短い生涯に栄光と悲惨との両方を経験」(前掲「後日の註」)し、七九年、自ら命を絶った志水の死の衝撃は大きかった。大岡は追悼式委員長を務め、短いが哀切極まる詩「高井戸」(『水府　みえないまち』所収)も書いた。高井戸は志水が住んだ地名である。全編を引く。

死んだ人が横たはつてゐる。
浅黒い顔は昨日の陽やけのなごり。
生まれてこのかた、こんなに
ぐつすり眠つたことはない顔で、
お香につつまれ、のびのびと横たはつてゐる。

Shimizu よ、ひでえもんだね。
浪荒れ狂ふ夜の海では、
舵・櫂・エンジン・綱・帆・帆柱
これらほど頼りにならないものもなかつたとは。

ひでえもんだ。でもいい、もう。おやすみ。
もつともよく戦つた者だけが、もつとも深く
眠る権利を有するのだ。おやすみ。消える友よ。

駒井哲郎、瀧口修造、加納光於

ところで、大岡が「最初に知り合いになった画家」は駒井哲郎〔一九二〇〜七六〕だった。「当時人気急上昇中の気鋭の版画家」(前掲「後日の註」)で、南画廊のオープンを飾ったのも駒井の個展だった。きっかけを作ったのは前述の書肆ユリイカ社主、伊達得夫である。一九五八年、同社創立一〇周年を記念する「ユリイカ詩画展」が東京・新橋の画廊で開かれた。清岡卓行と勝呂忠〔一九二六〜二〇一〇〕、長谷川龍生《りゅうせい》〔一九二八〜二〇一九〕と真鍋博〔一九三二〜二〇〇〇〕など計一一組の詩人と美術家の合作を展示するという趣向だった。

その際、大岡の相手となったのが駒井で、二編の詩を選んで銅版画を制作した。このうち大岡に贈られた一枚「物語の朝と夜」は、二〇一八年に横浜美術館で開催された駒井の回顧展でも、「詩とイメージの競演」コーナーの最初に展示された。「日本における現代銅版画の先駆

者）〔同展図録〕と評される駒井と、大岡は詩画展の後、親交を結び、「世田谷の彼の家を訪れて制作中の駒井に接することもたびたびあった」（前掲「後日の註」）。

また、大岡にとってやはり大きかったのは瀧口修造の存在である。作品には大学時代に接していたが、面識を得たのは一九五七年、シュルレアリスム研究会の討論に瀧口を招いた時だった。「それから瀧口さんと親しくなり、新宿区西落合のお宅をよくお訪ねした。それは一九七九年七月一日の病没の日まで続いた」（同前）。大岡は瀧口に捧げる詩を三編書いている。

瀧口には、五〇年代に若手の美術家と音楽家がジャンル横断的な創造活動を行った「実験工房」の実質的な主宰者として、戦後の芸術・文化史に果たした役割がある。駒井や武満徹は「実験工房」の主要メンバーだった。大岡が直接参加したわけではないが、瀧口を通して、また武満と親しかった谷川俊太郎の紹介で武満と知り合うなど、「実験工房」の人々とは接点を持ち、彼らの活動から同時代的な刺激を受けていたことは間違いない。

さらに大岡がとりわけ深く関わった美術家に、加納光於《みつお》［一九三三生］がいる。戦後に独学で銅版画を始め、瀧口によって才能を見いだされた加納は六〇年、南画廊で開いた個展「燐と花と」の際、訪れた大岡と初めて会った。大岡はこの時、出品作のうち「小品を一つ買った」（同前）という。その後急速に親しくなり、「時々会ううちに、二人で詩画集を作りたいね、という

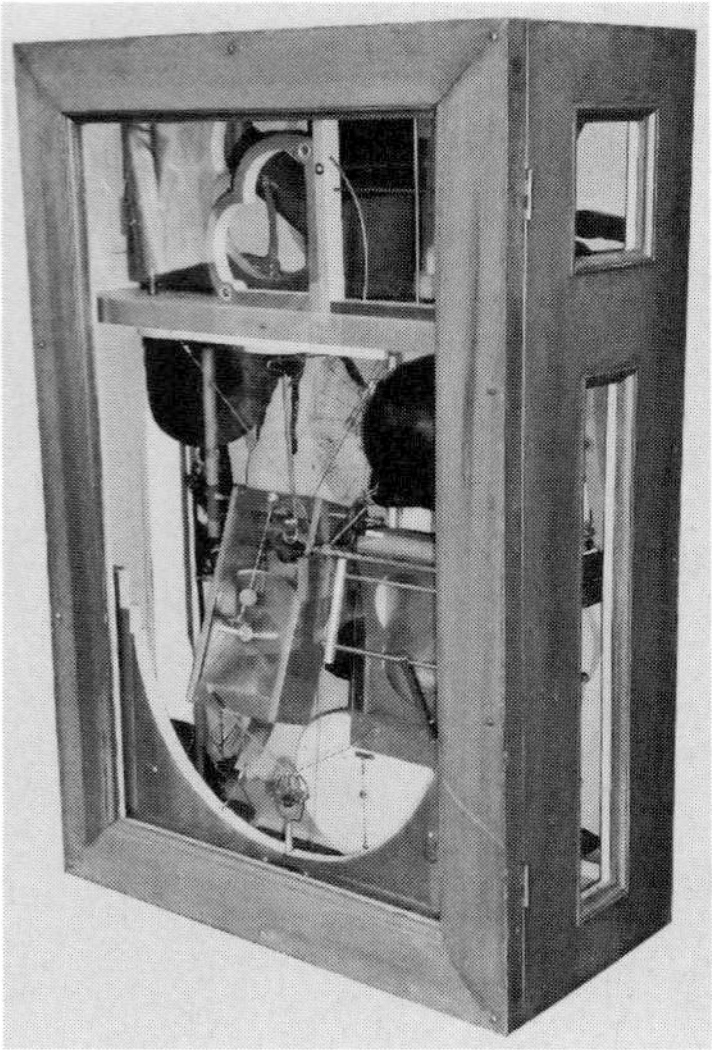

《アララットの船あるいは空の蜜》
（加納光於／大岡信の共同制作，1971-72 年，撮影＝筆者）

話になりました」。鎌倉のアトリエを訪ねた私に、加納は話した。当時は詩画展がしばしば開かれたが、それを見ていて「僕、詩と絵がつながる何かにすごく興味があった」。

これが最終的には、二人の共作オブジェ『アララットの船あるいは空の蜜』に結晶する。大岡の文章によれば、六五年に名古屋で創刊された雑誌『点』に、詩「加納光於による六つのヴァリエーション」を書いたことが「合作」の話のきっかけとなった。ただし、加納が六七～六八年に米欧に渡ったこともあって、現実の制作はなかなか進まなかった。

三〇年間未公表だった詩集

ようやく七一～七二年に『アララットの船あるいは空の蜜』は限定三五体が完成し、刊行

(青地社)に至る。それはもはや詩画集という概念を大きくはみ出していた。縦約六八センチ、横約四四センチ、厚さ約二二センチの箱形で、内部に木や金属、プラスチックなどを用いたさまざまな部品が組み込まれている。内容物も一体ごとに微妙に変えてあるという凝りようだが、とりわけ各体の内部に大岡の詩集『砂の嘴・まわる液体』が封じ込められ、これが「読めない詩集」となっていることが話題を呼んだ。加納は版画からオブジェ、油彩画などへと多彩な作品を独自の手法で創作するようになっていた。

「詩を密閉して取り出せないようにしたい」という加納の申し出に、大岡は「面白い」と応じたという。「これは一作だけではなくて、(複数の)刊行物として買われるものです。所有されるとはどういうことか、という問いかけが僕の中にありました」と加納は語る。まさに前衛的な試みである。封印は長らく持続され、二〇〇二年刊行の『大岡信全詩集』に全文が掲載、公表された。中の一編「粒子と被膜」に記された一行、「増殖的変数を箱詰めせよ」は、このオブジェの自解とも、詩人がこめた芸術的意味の拡大への祈りとも取れる。また、大岡は加納にたびたび詩を捧げ、しばしば作品を論じて、評論集『加納光於論』(八二年)も出した。

美術の作家や関係者たちとの交流をたどってみると、大岡が同時代の芸術に、自らの文学表現と共通の要素を見いだしていたことがよく分かる。例えば八五年刊行の『抽象絵画への招待』で二〇世紀美術を概観して、彼は書いている。

それらは、一般的特徴として、生命力の表現としての流動性の強調といった性格をもっていたといっていい。そこには、絵画の画面をそのまま魂の問題を語る場所にしようとした……情熱が、世代を超えて引きつがれていたのであった。……要は絵画もまた世界認識の重要な手段であるという思想が、これらに一貫していた……。そしてその点で、絵画の歴史は哲学や文学や音楽や舞踏や演劇の歴史とも同一の歩調をとっていたのだった。

この文脈でも南画廊は象徴的な場所だった。加納は「後にも先にも日本であんなすごい画廊はなかった」と私の前で回想した。「武満徹や勅使河原蒼風《てしがはらそうふう》［一九〇〇～七九、いけばな草月流創始者］、イサム・ノグチ［一九〇四～八八、美術家］、土門拳［一九〇九～九〇、写真家］、土方巽《ひじかたたつみ》［一九二八～八六、舞踏家］など、ジャンルを超えて、あらゆる芸術家が来ました。六〇、七〇年代はそれが自然な形でつながっていました」

表現者たちを包んだ熱気の背景には六〇年安保などの「政治の季節」があった。そうした時代のるつぼの中で、大岡は海外渡航という、もう一つの重要な体験をする。

パリ青年ビエンナーレへ

大岡信は一九六三年春、一〇年勤めた読売新聞社を退職する。ずっと外報部記者で、外電すなわち外国の通信社から送られてくるニュースを翻訳したり、担当する英連邦やフランス関係の解説記事を書いたりしていた。「新聞記者という仕事は決して嫌いじゃなくて」「そろそろ特派員としてパリに行くことが既定の事実みたいになってきた」時期だったが、既に新聞以外で「物を書く仕事がふえてきて、新聞社へも外から電話が掛かってきたりして、身の振り方をはっきり決めないと、二足の草鞋を履いて、虻蜂取らずになるかもしれないという危険を感じ始めて」いたのが理由だった（著作集第一一巻、巻末談話）。

五年前に長男玲《あきら》［のち作家］、この年二月に長女亜紀［のち画家、詩人］が生まれ、幼子二人を抱えての定職からの離脱は傍目にも無謀と見えたはずだ。しかし本人もそうだが、妻かね子にもあまり動じた様子はない。辞表を出す以前、「素寒貧《すかんぴん》になってもいいかい？」「今だって素寒貧じゃないの」という、のちに書かれた（「満十年目の喜劇」六九年、『青き麦萌ゆ』所収）通りのやり取りがあったことを、かね子から直接聞いた。

ますます精力的に詩や評論を発表する中で、同六三年秋、ヨーロッパへ渡る機会を得る。パリ青年ビエンナーレの詩部門への参加要請が舞い込んだのだ。海外渡航が自由化される前であり、大岡にとっても生涯数え切れないほど重ねた外国旅行の、それが最初だった。

パリ青年ビエンナーレは五九年に始まった美術を中心とする隔年開催の国際展で、この時が三回目。歴史の古いベネチア・ビエンナーレなどに対し、二〇〜三五歳の若手芸術家を対象とし、また音楽や映画にもわたる部門の多様さを特色とした。八〇年代に中断するが、現代芸術の世界的動向を示す有力なイベントだった。日本人では六九年、横尾忠則〔一九三六生〕が版画部門で大賞を受けている。

大岡はこの時のフランス滞在を、『眼・ことば・ヨーロッパ』(六五年)という、美術評論や詩と合わせたユニークな旅行記につづっている。

菅井汲とのコラボレーション

一九六三年一〇月一六日夜、パリ市近代美術館の舞台で、飯島耕一、辻井喬〔一九二七〜二〇一三、実業家・堤清二の筆名〕、谷川俊太郎、岩田宏〔一九三二〜二〇一四、翻訳家・小笠原豊樹の筆名〕そして大岡の詩が一編ずつ、日本語とフランス語で朗読・紹介された。その前に、大岡はフランス語で「日本の新しい詩」に関する短い講演を行った。聴衆は「百二、三十人。大方は若い男女で、なかに中年の人の姿もまじり、子供連れの婦人もいた」(『眼・ことば・ヨーロッパ』)。日本語原作の朗読は、能楽師・俳優の観世《かんぜ》栄夫《ひでお》〔一九二七〜二〇〇七〕に吹き込んでもらった録音テープの音声を流すものだった。

講演と朗読の間、同じ舞台の後方で一人の男が、上から垂らした縦長の大きな和紙に墨で「朗読される五篇の詩の日本語テキストから抜いた詩句を、独特な字体で書き写し、聴衆の視覚的理解、あるいは視覚的好奇心を大いに刺激」(同前)するパフォーマンスを演じた。パリ在住の画家、菅井汲《くみ》［一九一九〜九六］である。菅井は五二年に渡仏し、幾何学的な形態を明快な色彩で描く独自の画風で国際的に評価を得た人だが、大岡とはこの時が初対面だった。

大岡にとって初めての異国における日本現代詩の紹介は成功を収めたが、旅の意義はそれにとどまらない。多くの詩人や美術家と知り合い、ジャン(ハンス)・アルプ［一八八六〜一九六六］やマルク・シャガール［一八八七〜一九八五］といった大家も訪ねている。さらに、同行していた現代美術コレクターの山村徳太郎［一九二六〜八六］の依頼で一緒に画廊などを回り、ジョアン・ミロ［一八九三〜一九八三］、エルンスト、フェルナン・レジェ［一八八一〜一九五五］、ジャクソン・ポロック［一九一二〜五六］などの作品を選んだ。山村がこの時買ったうち七点は、のち国立西洋美術館に寄贈された。大岡にとって「購入」という立場で作品を見たことは、美術に対する考え方に影響を与えたようだ。

菅井との関係では、のち八三年に菅井の個展が東京・池袋の西武美術館で開かれた際、菅井の

菅井汲(右)と大岡信(パリの菅井のアトリエで，1963 年)

描いた絵に大岡が言葉を付ける「一時間半の遭遇」という共同の公開即興制作も行った。国内外の美術家らと広く交友関係を持った大岡には、その人々を論じた評論、贈った詩も多い。詩は画風の特徴とともに人間像をつかみ出しているのが印象的だ。例えば七六年、南画廊での菅井の個展のために書いた詩「円盤上の野人」(『草府にて』所収)の一部。

《野人の緊張する思考は
《夢の四本肢を闇の中で泳がせながら
《フォルムと色の透明な捕獲術のマスターをめざし
《塵と殻からおのれ自身をそいでそいでそぎ落とす

詩人としての美術批評

美術評論家で詩人の建畠晢《たてはたあきら》［一九四七生］は一九七〇年代前半、雑誌『芸術新潮』の編集者として大岡を知った。原稿依頼から始まり、建畠が学生時代から入り浸っていたアングラ劇団の一つ、早稲田小劇場(当時)の鈴木忠志[一九三九生]が演出したギリシャ悲劇「トロイアの女」(七四年上演)の潤色を大岡が担当した際には「一緒に稽古を見に行ったりしました」と話す。間もなく自らも美術評論を始め、九〇年代以降は詩人としても名を成す建畠の目に、大岡はどのように映ったのか。私の取材に、こう語った。

「六〇〜七〇年代は東野芳明、中原佑介、針生一郎が美術評論の御三家と呼ばれ、影響力が大きかった。大岡さんは彼らとも親しく、並んで旺盛に筆を振るいましたが、「職掌としての美術評論家」で明確な批評理論に基づき論陣を張った三人と違い、詩人としてのスタンスは崩さなかった。幅広い知識と客観性に基づく理想的な美術批評のありようを示したといえます」

さて、六三年のパリ青年ビエンナーレで大岡はこんな話をしていた。

今夜ここで紹介する五人の詩人は、いってみれば〈広島以後〉の世代に属しています。いいかえれば、ひとつの都市、そしてひとつの文明そのものの完全な破壊ののちにしか、平和というものを知ることができなかった世代です。……それ[日本の敗戦]は同時にアメリカ軍の占領の開始であり、疑わしい平和の開始でした。……この疑わしい平和のイメージ、人がそこに到着する前にすでに前もって破壊されてしまった平和のイメージが、日本の現代の若い詩のすべてを支配しています。(前掲『眼・ことば・ヨーロッパ』)

原爆、米軍占領、「疑わしい平和」を語った講演は、のちの大岡のイメージからすると、やや意外に響くのではないか。「政治的」とも映る言葉の背景を掘り下げてみなければならない。

2　六〇年安保の時代

戦後最大の大衆運動の衝撃

「六・一五」「六・一九」あるいは「五・一九」といった日付は、戦前・戦中生まれの人々にとって、かつて生々しい記憶に直結していたはずだ。いずれも「六〇年安保」に関わるものである。一九六〇(昭和三五)年の日米安全保障条約改定の承認が岸信介〔一八九六〜一九八七〕政権によって衆院で強行採決されたのが五月一九日夜(実際は夜半を過ぎ、二〇日未明)であり、これを機に安保反対の声は国民の間で急速に広がった。

前年秋以降、反対運動は左派の学生や労働組合員らを中心に高まり、国会周辺で参加者一万人を超えるデモも行われていたが、強行採決により、その規模は一挙に膨れ上がった。一カ月後の六月一九日午前零時に安保改定は自然承認となるが、前日の国会の周囲は十数万人もの群衆に取り巻かれた。その三日前の一五日夜には全学連の学生らが国会構内に入り、警官隊と激しく衝突する中で東大生の樺美智子《かんば》［一九三七〜六〇］が死亡する惨事も起きていた。

結果として安保条約は改定を見たものの、予定されていたアイゼンハワー米大統領の訪日は中止となり、岸首相も間もなく退陣した。以上は戦後最大の大衆運動ともいわれる六〇年安保反対闘争の全体からすれば最終盤のごく一部の経過にすぎない。同時期には「総資本対総労働」の闘いと呼ばれた三池闘争も最大の山場を迎えて流血が相次ぎ、韓国でも独裁を続けていた李承晩《イスンマン》政権が学生らのデモによって倒れる「四月革命」が起きた（大井浩一『六〇年安保』）。

ここで六〇年安保の経緯に触れたのは、六三年のパリ青年ビエンナーレで大岡信が紹介した五編の日本現代詩のうち、自作の「大佐とわたし」を理解するのに必要と思われるからだ。これは大岡の周辺の狭い範囲、例えば詩誌『櫂』の動きを追うだけでは視野に入ってこない事柄に属するからでもある。事実、六〇年安保をめぐる社会の諸相は、『櫂』の第一次（五三〜五七年）と第二次（六五〜九九年）の間の空白期に当たっている。

しかし、安保闘争は詩壇にも衝撃をもたらし、「六〇年代詩人」と呼ばれる一群の詩人たちが出現する背景ともなった。天沢退二郎、渡辺武信［一九三八生］、鈴木志郎康、吉増剛造［一九三九生］、岡田隆彦［一九三九〜九七］といった、大岡より数歳年少の人々である。大岡が与えた表現によれば、「現実認識が詩的行為であり、詩的行為がそのまま現実認識である世代の誕生」

(「戦後詩概観」『蕩児の家系』)だった。彼らの手で近代以来の詩表現は根底から解体されたといえる。以後しばらくは、ラジカルな実験性と暴力的なまでの鮮烈さや疾走感こそ「最先端の詩」の特徴となった。

「大佐とわたし」に込めた批判

まずは「大佐とわたし」を見よう。これは初め一九六〇年三月発行の『鰐』七号に発表され、詩集『わが詩と真実』(六二年)に収められた。まさに六〇年安保が高揚しつつあるさなかに書かれたことになる。「旧き悪しき戦略思想家たちに」と副題が付され、「大佐　大佐　大佐／あなたを愛しているのはわたしです」と始まる詩には次の一節がある。

おう　大佐　大佐　大佐
雲は美しい
垂直に猛烈に地上から成層圏までさかのぼる
雲は美しい
地震計は失神せよそして壊れよ

人間は失神せよそして壊れよ
鳥は失神せよそして壊れよ

「垂直に猛烈に地上から成層圏までさかのぼる」雲は直ちに原爆を思わせるが、それが「美しい」と書いたのは、以下にも見られるのと同様の逆説的な諧謔にほかならない。

大佐　大佐　大佐
爆弾をつくるのはなぜですか？
ピッ　ピッ　ピッ　ピ
そんなことがわからんのか諸君
爆弾をつくるのは
それを捨てるためにほかならん
平和のために爆弾を捨てる
爆弾はいつも足らんのだ
平和がいつも足らんからな

最後のほうには「大佐　大佐　大佐／あなたを愛しているのはわたしです／それはあなたが爆弾にすぎないからである／わたしはあなたを捨てねばならぬ」ともある。

もちろん、これをストレートな体制批判の詩のように受け取ってしまうのは誤りだろう。激動する社会の反照を浴びているのは確かだとしても、あくまで文学的想像力の中で昇華され、政治・思想上の対立とは別の次元、大きな文明史的視野の下で深い意味での「批判」の矢を放っている。左右によらず特定のイデオロギーとは距離を置いた大岡の本領を示すものといえる。

「六〇年代詩人」の登場

だが「現実認識が詩的行為」であるような世代から見れば、それが微温的な傍観と映ってもおかしくなかった。「六〇年代詩人」を代表する吉増剛造に聞くと、「時代の空気が非常に苛烈だった」と当時を振り返った。「僕はデモにも行かなかったし、ノンポリのような感じでいたのに、時代の空気を真正面から受け止めて、燃えるような精神状態でした。その精神状態と大岡さんの持っているものとは食い違う。物足りないところはありました」

しかし、一方で「六〇年代詩人」を最初に理解したのもまた、大岡や飯島耕一ら一世代上の詩人たちだった。事実、吉増の鮮烈な第一詩集『出発』(六四年)の書評を、パリから帰国直後の大岡は執筆している。

吉増剛造の詩は攻撃する。……ただ一回きりしか経過しないぼくらの生命の時間を……ぼくら自身の、世界に対するウイかノンかの行動的自己表示として、いわば価値を担った表象として、提示すること。吉増剛造の……詩が主張しているのは、こうした基本的な詩の倫理の重要性である。(『エスプリ』一九六四年五月号。『新選　吉増剛造詩集』解説より再引用)

そこには正当な評価とともに批判も注文も盛られていたのだが、吉増は「実に柔らかい、啓示的な文章だった。「俺とは違うやつが出て来やがった」と。幸運な出会いでした」と語る。こうした世代の交錯は現代詩の流れだけでなく、一九六〇年代の状況を考えるうえでも意味深い。

私の場合、現代詩と呼ばれるものに初めて触れたのは八〇年代前半だった。それも鮎川信夫、田村隆一らの荒地派から、「六〇年代詩」「七〇年代詩」と呼ばれる当時三〇～四〇代の詩人たちまでの作品を、脈絡もなく一度に知ることになった。また、八〇年代は「女性詩の時代」とも呼ばれ、伊藤比呂美[一九五五生]、井坂洋子[一九四九生]をはじめ新たに登場した一群の女性たちが詩壇に新風を送っていたことも忘れがたい。

少し現代詩の知識を持つ人なら、大岡らの「感受性の祝祭の時代」が、荒地派の後、六〇年代詩の前に位置するといったことはイロハに属するだろう。しかし、すべてが混然となって何も知らない者の前に現れた時、やはり戦争をまともにくぐった荒地派の詩と、天沢、吉増、鈴木志郎康といった人々が放つ六〇年代詩の言葉の存在感は圧倒的だった。

単純化して言えば、六〇年安保の衝撃が六〇年代詩を生み出し、六〇年代末から七〇年代初めの大学紛争という「政治の季節」が七〇年代詩を生んだ。この時期に日本の詩は、近代以来の抒情性や調べの良さ、一編の作品としての形式および主題における完結性といった、それまで価値を持つと見なされた要素が転倒され、本質的な見直しを迫られたと思われる。その代償として、一般に現代詩は難解になり、極端にいうと、詩人以外の人々を寄せ付けないものとなった。

実際、八〇年代の私にとっても、近代詩のような「分かりやすさ」はそこにはなかった。現代詩とは、詩句が直接示す意味を読み取るのではなく、言葉の配列全体から発せられるイメージやメッセージ、個性的な音楽を受け止めるべきものなのだと知った。果たして作者の意図通りかどうかも危うい、勝手な解釈も含めて、独特な「読む面白さ」があるにはあった。

「一個の霊的なスポンジ」

そうした詩人たちの中でも、特に衝撃力、影響力が大きかった一人が吉増剛造だった。とどまるところを知らぬ言葉の疾走感と爆発的なイメージの展開力を持つ吉増作品の特徴を短い引用で伝えることは不可能だが、例えばその名も「疾走詩篇」の一節を掲げる。

朝だ！
走れ
窓際に走りよると
この二階の下に潮が満ちてきている
岩バシル
影ハシル、このトーキョー
精神走る
走る！　悲鳴の系統図
この地獄
新宿から神田へ
ぼくは正確に告白するが
この原稿用紙も外気にふれるとたちまち燃えあがってしまう

これを収めた詩集『黄金詩篇』(七〇年)は第一回高見順賞を受けたが、大岡は選考委員の一人だった。吉増のすごさは、このテンションを以後半世紀以上も持続し、いや自らの限界を食い破る形で、いっそう増殖し、複雑化し、独自の声調を響かせる新たな詩、それも長大な詩を生み出し続けていることだ。ただ、引用詩にしても「岩バシル」という詩句は、万葉歌「石ばしる垂水の上のさ蕨の萌え出づる春になりにけるかも」(志貴皇子)を踏んでいるわけで、古典や日本語の伝統と無縁ではなく、目指されたのはその意識的な転倒、解体、全く別の文脈やイメージへの転用だった(ちなみに、志貴皇子の歌は新書版『折々のうた』劈頭に置かれることになる)。

確かに大岡とは詩風も資質も異なる。年齢差は八つだが、終戦を国民学校一年で迎え、もろに一九六〇年代の「政治的な波をかぶった」吉増たちの世代は、大岡の世代と「屈折の度合いが違う」。そう吉増は話した。したがって大岡との関係も「距離を取っていた時期もあります。(知り合ってから)六〇年間、反発したり、猛烈に引き寄せられたり、その繰り返しでした」。

吉増が、大岡の特徴である「みずみずしい感受性と柔らかさと深い知力」を示すものとして私に繰り返し語ったのが、「一個の霊的なスポンジ」という語だ。これは大岡の散文詩「ヴォルス」(六五年。『大岡信詩集』〈綜合詩集〉所収)に出てくる表現である。ドイツ生まれの抽象画家ヴオルス［一九一三〜五一］に捧げられた作品の終結部を引く。

綿くずよりも崩れやすい肉体が、すべての亀裂をさらけだして世界を吸いあげる。一個の霊的なスポンジとして、すべての色彩を吸いあげる。わたしは神の存在を知らない。しかしわたしは、夜ごと荒廃した肉体を抜け出し、メトロの甘酸っぱい体臭にみちた都会を越えて、酒毒の空を鳩の騒ぐ暁の寺院の方へ横切る。

画風とともに、アルコール中毒で体をむしばまれ早世した画家の生を結晶化した詩だが、「これは自分を語る言葉です」と吉増は言った。「大岡さんには「一個の霊的なスポンジ」のような肉体感があった」。確かに、日本の古典から現代芸術まであらゆるジャンルから滋養を吸い上げ、鮮やかな詩句の連なりに変換してみせた大岡の絶妙な比喩になっている。「そこに詩人の本質が見てとれた。だから敬意を持ち続けてきました」

「孤独な航海」を乗り切るヴォイス

大岡は一九六六〜六七年に書いた「戦後詩概観」（『蕩児の家系』所収）で、同世代の詩人で

『氾』同人だった堀川正美［一九三一生］の「時代は感受性に運命をもたらす。」で始まる詩「新鮮で苦しみおおい日々」の冒頭部分を引きつつ、こう記した。

この第一連に、一九五〇年代後半から一九六〇年代前半にかけての一時代、すなわち安保闘争をその真中にかかえこんだあの激動の数年が、詩人の感受性に対して迫った自己自身との暗澹たる闘いの反映を見ることは、たぶん許されることであろう。

「それは、感受性の一層の深化、強化なしには乗切ることの出来ない、孤独な航海である」とも大岡は述べていた。「感受性の一層の深化、強化」とは、しかし決して理論や技術によってではなく、「霊的な」芸術的創造の営みによるしかないものだろう。苦い諧謔を含んだ「大佐とわたし」のような詩も、創造の神秘を語る「ヴォルス」も、時代の文脈に置いてみれば一つの「孤独な航海」の跡ともいえる。

しかし、大岡の場合、そこに過剰な悲壮感や絶望の身ぶりはなかった。むしろ時代の悲惨や崩壊を踏まえる時も、彼の詩には常に輝かしさがあり、他にはないヴォイスを響かせていた。ある現代作家は、時代を超えて読み継がれる小説家には必ず個性的なヴォイスがあると述べたが、これは詩人についていっそう明らかに言えることだろう。

大岡の「霊的なスポンジ」の弾力が保たれた背景を、さらにたどらなくてはならない。

第3章
前衛へのスタンス
SAC,『蕩児の家系』,『肉眼の思想』

武満徹，大岡信，サム・フランシス，宇佐美圭司
（1974年，撮影＝柿沼和夫）

1　草月アートセンター

六〇年代前衛芸術の実験場

一九六〇(昭和三五)年六月、あの安保反対闘争の高揚のさなかに発行された小雑誌へ寄せた短文に、大岡信はある詩の一節を引いている。

ぼくには計画もないし
日付けもない
だれと会う約束もない

だからぼくは気のすむまで探検する
魂と都市を

米国のビート世代を代表する作家ジャック・ケルアック[一九二二〜六九]が前年出版した詩

集『メキシコ・シティ・ブルース』から、大岡が訳したものだ。「ケルアックのジャズ・ポエム」と題する紹介文には「計242篇の〈コーラス〉を集めた異色の詩」とあるが、それらは五五年夏に「モルヒネやマリファナをちびちびやりながら」書かれたらしい(青山南訳、ケルアック『オン・ザ・ロード』の訳者作成年譜)。ビートは第二次大戦後の米国で起こった、放浪やジャズ的即興を愛好する非暴力的な抵抗のスタイルで、六〇年代カウンターカルチャーの先駆けとなり、日本の同時代の若者文化にも影響を与えた。

大岡の文章が載ったのは『SAC』四号。六〇年三月創刊の草月アートセンター(略称SAC)の会報で、ドーナツ盤(シングルレコード)のジャケットを模した一辺一七・五センチの正方形の判型がしゃれている。一四号(六一年四月)からは『SACジャーナル』と誌名を変え、二〇~三〇ページ前後の小冊子ながら六四年まで特集号を含め計三八冊が発行された。大岡がこの文でケルアックの詩における「音楽と言葉」の密接な結びつきに言及していたのは、SACの活動を考えるうえで象徴的だ。同じ号には、音楽評論家の秋山邦晴[一九二九~九六]が前衛作曲家のジョン・ケージ[一九一二~九二]について、また評論家・エッセイストの植草甚一[一九〇八~七九]がジャズ・ピアニストのセロニアス・モンク[一九一七~八二]について書いている。

彼らや東野芳明、飯島耕一、武満徹らと並んで大岡も同誌の常連執筆者となり、演劇・映画

東京・赤坂の旧草月会館（1967年撮影，©毎日新聞社）

批評などを執筆した。他にも創刊号に安部公房〔一九二四〜九三〕、二号に大江健三郎〔一九三五生〕、三号に寺山修司ら著名な作家が寄稿している。杉浦康平〔一九三二生〕や和田誠〔一九三六〜二〇一九〕、真鍋博らがデザインやイラストを手掛け、造りも斬新だった。

SACは、勅使河原蒼風が五八年にオープンした草月ホール（東京・赤坂）を、「芸術文化発展のための交流の広場」とする目的で設立された。代表は蒼風の長男で、映画や美術で幅広く活躍した宏〔一九二七〜二〇〇一〕。七一年まで現代音楽やジャズ、演劇など多分野に及ぶイベントを行い、六〇年代の前衛芸術の震源地となった（『輝け60年代　草月アートセンターの全記録』）。『SAC』『SACジャーナル』の誌面からは、三〇代を中心とする人々が、ジャンルを超えて新しい表現を模索した時代の熱気が伝わってくる。

慶應義塾大学アート・センターのアーキビスト（歴史的資料を構築・管理する専門家）久保仁志〔一九七七生〕は、「SACは六〇年代アバンギャルドの実験場でした。雑誌も単なるイベントの記録や予告ではなく、それ自体が一つのイベントであるようなものとして作られていました」と話す。バックナンバーは現在、草月会の寄託を受けて資料の保存・整理に当たっている同センター（東京・三田）で閲覧できる。

ジョン・ケージ・ショック

大岡自身はのちに語っている。

草月会館で武満徹、林光［一九三一〜二〇一二］、一柳慧《とし》［一九三三生］その他大勢の作曲家たちの作品、モダンジャズや演劇など面白いものがありましたね。……音楽や演劇や映画、それにハプニングとかイヴェントも、もちろん行なわれました。五〇年代の終わりから六〇年代にかけての時期、友達がそういう所で作品を発表することが多かったから、いつの間にかそこへしばしば行くようになって、それは詩作の方にも大なり小なり影響を受けていると思います。（著作集第一一巻、巻末談話）

草月会館は草月ホールの入る建物で、同じ場所に一九七七年、現在の新会館ができた。ともに丹下健三［一九一三〜二〇〇五］の設計である。

ここに名前の挙がった一柳慧は六一年、米国から九年ぶりで帰国した際、ジョン・ケージの前衛音楽を紹介し、日本の音楽界に「ジョン・ケージ・ショック」をもたらしたことで知られる。滞米中にケージと知り合い、共鳴した一柳は八月に大阪で開かれたフェスティバルで、初めてケージ作品の演奏を披露し、一一月には草月ホールで自身の作品発表会を行った。翌六二年には一柳の提案で、ＳＡＣがケージを日本に招き、衝撃はさらに広がる。

ケージの演奏の模様を前掲『輝け60年代』で見ると、草月ホールの舞台では、一緒に来日したピアニストのデーヴィッド・テュードア〔一九二六～九六〕が無数の小型マイクを接続したピアノで「熾烈な音響を炸裂しつづけた」。一方でケージは、机の上に電気炊飯器やフライパンなどを並べて「日常生活そのままのサウンドを淡々とばらまきつづけ」、「静けさと熾烈な騒音が交錯する奇妙なコンサート」だったという。

一柳は私の取材に、「ケージは、戦後に米国の大学で講義した鈴木大拙〔一八七〇～一九六六〕の禅の思想にほれ込み、東洋の考え方に触発を受けた人です。ありのままの自然界の音や電子的な音を素材に作曲した。五線譜ではなく図形楽譜を用いたこともショックを倍加しました」と証言した。

大岡や一柳も参加した『ＳＡＣジャーナル』二二～二三号（六二年二、三月）の座談会「芸術運動の展望」では、ケージの音楽に見られた「偶然性」が大きな話題になっている。禅からの影響はビートとも重なる。一柳は語る。「草月会館は開放的な場所で、建築家や詩人、画家、音楽家などいろいろな領域の人が活発に交流した。戦後復興の域を脱した時代で、みんな非常に前向きで積極的でした」

「濃密な、試みと発表の一時代」

当時知り合った作曲家として大岡は武満徹、林光、湯浅譲二〔一九二九生〕らの名も挙げているが、のちに共作という形で最も多く仕事をしたのは一柳である。大岡の没後に開かれた追悼の会(二〇一七年六月、明治大学)でピアノの「献奏」を行ったのもこの人だった。前掲「後日の註」に、大岡は「主に改装前の草月会館のホールで、私たちはこのジョン・ケージの使徒として現れた白皙《はくせき》無表情のピアニストの演奏と一挙手一投足に、言い合わせたように度胆を抜かれるために、演奏会場に足を運んだ」などと出会った頃の一柳の姿を記している。

そして自らの詩に付けた一柳の曲として、「交響曲―ベルリン連詩」(八八年)、モノオペラ「火の遺言」(九五年)などを挙げたうえで、この詩集『捧げるうた　50篇』には合唱曲のために書いた「光のとりで　風の城」(九二年)を収録している。その一節。

鳥の声が洗つてゐる
空《くう》の空《くう》なる空《そら》の岸辺は
人間のいちばん深いまなざしさへ
はね返してくる光のとりでだ
風の城だ

「大岡さんの詩は言葉だけで閉じないで、空間に広がる。音楽の「時間」とは違う要素を持っていました。だから互いに重なり合うと新しい世界が現出する。その点で稀有な詩人でした」。一柳はそう述懐した。

SACがいかに先端的な芸術のスポットであったかは、例えば評論家の立花隆［一九四〇〜二〇二一］が評伝『武満徹・音楽創造への旅』（二〇一六年）で、「六〇年代の草月アートセンター」に一章を割いたことでも分かる。「そのころ大学の仏文科の学生だった」立花は、SACの催しによく出入りしていたといい、「あらゆる芸術、周辺芸術の前衛的な部分のクロスオーバー・メディア的性格を持っていた」と記している。当然、「ジョン・ケージ・ショック」も詳しくつづられ、草月ホールでの小野洋子［オノ・ヨーコ、一九三三生］の「ハプニングイベント」

（六二年五月）なども紹介されている。大岡の談話もたびたび出てくる。

武満と谷川俊太郎は親友同士だったが、二人は大学に進まず若くして活躍を始めた点でも共通する。大岡が、一九七四年のエッセーでこう回想しているのが印象深い。

なによりもまず、彼らが二十歳になるかならないうちに、すでに詩集をまとめ、あるいはピアノ曲を発表しているという事実に、何かしらまばゆいものを感じずにはいられなかったことをおぼえている。

……私は［旧制］大学時代の三年間が、私の感受性の鍛練にとって、決してプラスとはいえなかったんじゃないか、という疑いを長い間いだいていた。

さらに、草月ホールでの催しや『SAC』に触れた後、こう続く。

私のような出不精な人間でさえ、月に二回平均はこのホールに出かけたほどだから、この安保の年に始まって数年間続いた〝草月ホールの時代〟は、振り返ってみればずいぶん濃密な、試みと発表の一時代だったといえるのである。（「武満徹と私」、前掲『青き麦萌ゆ』）

劇作家・深瀬サキを生んだ芝居

「草月ホールの時代」に関して大岡は、特に鮮烈な印象を受けた例に一九六四年春の前衛劇

「六人を乗せた馬車」を挙げている。オフ・ブロードウェーで前年度ニューヨーク劇批評家賞を受賞した実験的なミュージカルだ。東京五輪を秋に控えた年のことである。

米ダンサー兼振付師のジーン・アードマン〔一九一六〜二〇二〇〕が率いる十数人をSACが招き、五月一〜二四日にロングラン公演した。三七〇席ほどの草月ホールでは初めての大がかりな企画だったが、話題を呼び、大成功を収める（前掲『輝け60年代』）。当時SACの事務局にいたある人物は、採算面で否定的な声が上がる中で代表の勅使河原宏が「断固やる」と主張したことを証言している（『勅使河原宏カタログ』）。大岡は語っている。

ジーン・アードマンというアメリカの女の舞踊家を中心にした小人数のグループがやってきて、「六人を乗せた馬車」という芝居をやりました。ジェイムズ・ジョイス〔一八八二〜一九四一〕の「フィネガンズ・ウェイク」の中から、ジョイス学者のアードマンの旦那さんが構成した、芝居ふうな舞踊で、僕にはとても面白かった。（著作集第一一巻、巻末談話）

アードマンの夫は『神の仮面』などの著作で知られる米国の神話学者、ジョーゼフ・キャンベル〔一九〇四〜八七〕である。

公演後間もなく大岡が書いた文章「日記風の断片」（『文明のなかの詩と芸術』所収）によれば、この劇を彼は少なくとも二度見ている。「アードマンの踊りの最後の部分にあらわれた、大河のイメージ——生命、暗黒、死、復活、それらすべてを含めて流れる泥のイメージ——は、ぼくに強いショックを与えた」と記し、続けて「東京のまちは今おどろくほど大量の泥に覆われている。いたるところ工事中で、いたるところ泥が露出している」と、五輪前の首都大改造の様子をつづっていた。

どんな劇だったか。演出家の菅原卓《たかし》［一九〇三〜七〇］は、「毎日新聞」一九六四年五月九日夕刊の劇評で「『6人』の舞台に登場するのは五人だけ。その女3、男2が、しゃべり、歌い、擬音を発し、詩を朗読、ナレーション、傍白、奇声を発し、哲学めい想し、ヤジりまくる。……衒いのない前衛意欲は、一見の価値がある」と評している。ちなみに、ジョイスの難解な英語のせりふは日本語訳され、「スライドでステージ脇に投影」されたが、その翻訳は『ユリシーズ』などを訳した英文学者でもある丸谷才一が務めた。

この舞台に、ただならぬ衝撃を受けた一人の女性がいた。大岡と一緒に見た妻かね子である。私の取材に「独特の身体表現とリズムに不思議な興奮を覚えました。突然、芝居が書きたいと思った」と回想した。それから戯曲の執筆を始めた彼女は、七〇年代に入ると深瀬サキの筆名で作品を発表するようになる。

同六四年七月の「草月実験劇場」公演（グループＮＬＴ）では、ジャン・ジュネ［一九一〇〜八六〕作『女中たち』、ジャン・タルデュー〔一九〇三～九五〕作『鍵穴』の二つのフランス前衛劇が上演されたが、『鍵穴』の翻訳は大岡が手がけた。詩人・劇作家のタルデューとは前年、パリで知り合っていた。『SACジャーナル』の同実験劇場特集号で大岡はタルデューの戯曲を論じている。

そこにはファルス、パロディ、悪夢、激烈なショック、非現実と現実をただのひとまたぎで自在に往来する言葉の魔術の世界があった。……なまなましいくらい現実的で、卑ワイでさえあるコトバやしぐさが、同時にいつでも別の世界への橋渡しの役割りを担っており、その意味で、象徴的な意味を常に帯びている。

当時の前衛表現に対する大岡の打ち込みがうかがわれる。実験劇場と銘打つイベントは一回だけで終わってしまうが、草月ホールでは他にも寺山修司や唐十郎〔一九四〇生〕の演劇、土方巽の暗黒舞踏などの初期の公演も催された。

「環礁」そして「マリリン」

SACにおけるジャンルの枠を超えた前衛芸術の試みが、大岡の詩作にも影響を及ぼしたのは、本人も認める通りだ。この時期の作品として象徴的な一つが武満徹のために書いた「環礁」(『大岡信詩集』〈綜合詩集〉所収)である。「ある日、「言葉をください」という簡単な依頼を受けて作った」(前掲「後日の註」)という短い詩は、「ソプラノとオーケストラのための「環礁」」として一九六二年一〇月に初演された。「太陽／空にはりつけられた／球根」など、イメージ鮮やかな言葉が並ぶ作品の最終連。

ああ　でもわたしはひとつの島
太陽が貝の森に射しこむとき
わたしは透明な環礁になる
泡だつ愛の紋章になる

前掲『武満徹・音楽創造への旅』によると、武満はこの曲で六三年度のパリ国際現代作曲家会議の優秀作品賞第五席に選ばれた。同会議は「現代音楽の世界で最も権威ある組織と考えられて」いるという(武満は六五年に「テクスチュアズ」で同最優秀作品賞を受ける)。

もう一つ、同じ六二年に書かれた名高い詩「マリリン」(『鰐』一〇号に九月発表。『わが詩と真実』所収)を引いておこう。米ロサンゼルス郊外の自宅で同年八月、三六歳で急死した俳優、マリリン・モンロー〔一九二六〜六二〕を悼んだものである。大岡は彼女のファンで、六六〜七三年、雑誌『いけばな草月』(のち『草月』)に連載した古今の女性たちを描くエッセーでも、初回に取り上げているほどだ(『風の花嫁たち』として刊行)。

死
そこからフィルムが
あらためて逆転してくる
鏡

この四行で始まる詩の中に、「君が眠りと眼覚めのあわいで/大きな回転ドアに入ったきり/二度と姿を見せないので/ドアのむこうとこちらとで/とてもたくさんの鬼ごっこが流行った」とあるのは、睡眠薬を大量服用したとされる謎の死をめぐり、自殺説などさまざまな臆測が流れたことを指す。「セックスシンボル」といった通俗的な像を断ち切るかのような、真情のこもった詩は、ことに次の最後のフレーズが知られている。

マリリン
マリーン
ブルー

何でもない言葉の連想のようだが、その透明感と余韻は一度読むと消し去ることのできない力を持っている。四年後の先の雑誌エッセーには「[モンローの中に]現代的な物質主義の最も華やかな代弁者と、その最も悲惨な犠牲者とが、たぐい稀れな状態で結びついていた」ともつづった。ケージの前衛音楽や「六人を乗せた馬車」のインパクトも、物質的繁栄と合理性を極めた米国の内部に、「暗黒で不定形な泥」の存在を見た点にあっただろう。同時に、それは「生命の原初の姿」(前掲「日記風の断片」)の表現でもあった。

米国流の「物質主義」を導入した戦後日本は、高度成長のただ中にあった。しかし、やがてその矛盾が明らかになり、一方、ベトナム戦争の深刻化で米国に対する視線も揺れ動く中で、六〇年代後半の新たな「政治の季節」が訪れようとしていた。

イベント「EXPOSE1968」

SACが興味深いのは、一九六〇年の安保反対闘争と六〇年代末の大学紛争という二つの時代の熱気を、芸術の面で架橋しているところがあるからだ。前述の通り、『SACジャーナル』は六四年に終刊するが、SACの活動そのものは七一年四月の解散まで続いた。

象徴的な事例として六八年四月に計五回、草月ホールで開かれたイベント「EXPOSE1968 シンポジュウム「なにかいってくれ、いまさがす」」(SACと『デザイン批評』誌の共催)を見よう。タイトルはサミュエル・ベケット[一九〇六～八九]の戯曲『ゴドーを待ちながら』のせりふから取られた。英語の expose はむき出しにする、人目にさらすなどの意味だが、ここでは二年後に開催の迫った大阪での万国博覧会＝EXPOが強く意識されていた。

EXPOは exposition の略だから、元は同じである。だが、EXPOが戦後の高度成長と、その延長としての未来社会を肯定的に捉え、その成果を展《の》べ広げて見せるのに対し、EXPOSEには成長の陰に隠れた矛盾や本質を暴露する批判的なニュアンスがある。

前年の六七年からベトナム反戦や千葉・三里塚(成田)での新空港建設反対闘争、そして学費値上げ反対などを発端とする各大学での学生運動が激しさを増していた。同年一〇月には佐藤栄作[一九〇一～七五]首相のベトナム訪問阻止闘争(第一次羽田闘争)で三派全学連の学生らが機動隊と衝突し、京大生が死亡する事件が発生、六八年二〜三月には王子野戦病院闘争が起こる。海外でも米国で同年四月に公民権運動の指導者、マーティン・ルーサー・キング牧師〔一九二九〜六八〕が暗殺され、五月にはパリで五月革命と呼ばれる学生らの政治闘争が起こっていた。同じ月に日大で全共闘（全学共闘会議）が結成され、日本の大学紛争も本格化する。

ただ、美術、建築、音楽、演劇、詩など多分野に及んだイベント参加者の考え方はさまざまで、万博反対（反博《はんぱく》）の人もいれば、万博の会場造営や催事に積極的に関わった人もいた。政治的主張の違い以上に、科学技術の発達など、芸術表現をめぐる環境の変動に対する多様な受け止め方があった。

したがって討論や映像、即興演奏、ハプニングなど多岐にわたったイベントは波乱含みで始まった。前掲『輝け60年代』に収録された同誌記事によれば、まずホールの壁面に紅白の幕を張るかどうかで参加者同士の激論が第一日（四月一〇日）の開場直前まで続いた。討論の場でも発言を拒み、沈黙する者が相次いだ。

第一日に参加した一柳慧は「あの時代はいろいろな催しを次々と思い付いては、誰かが言い出すと、すぐやろうということになった。六〇年代初めは純粋に芸術的な創造志向があったのに対し、後半になると政治や社会の問題が出てきたが、率直にものの言える自由な雰囲気があり、戦後で最もいい時期でした」と振り返る。イベントは五〇年後の二〇一八年、千葉市美術館などで開かれた展覧会「1968年　激動の時代の芸術」でもトピックに挙げられ、粟津潔〔一九二九〜二〇〇九〕によるポスターや写真が展示された。

他者と出会う「劇の時代」

注目されるのはイベントで五回とも詩人による朗読が行われたことだ。飯島耕一、長谷川龍生、富岡多恵子〔一九三五生〕、白石かずこ〔一九三一生〕に次ぎ、大岡は第五日（三〇日）の冒頭に登場し、前出の「さわる」「大佐とわたし」を含む四編が「仮面座の人々をまじえて朗読され、きわめて荘重な印象を与えた」（前掲『輝け60年代』）。イベントの記録を収めた同誌六号（六八年七月）を見ると、四編全体が「さわる・きらきら――舞台のための構成」と題され、ト書きに当たる記述もあるから、詩というより短いシナリオに似ている。他の二編はのちに改稿され「きらきら」「言ってください　どうか」として詩集『遊星の寝返りの下で』（七五年）に収められた。上演したのは劇団仮面座の男女四人と大岡の五人。仮面座は詩の朗読に熱心なグループで、主宰者の高嶋進〔一九三二生〕は翌六九年、東京・渋谷に地下小劇場ジァンジァンを開設する（二〇〇〇年閉館）。

大岡がどの「せりふ」を語ったかははっきりしないが、中の一人が「いってくれ、私は、だれだ？」と問いかけると、他の四人が口々に「タワケ！」「オロカモノ！」「アホンダラ！」「オッチョコチョイ！」などと叫ぶ場面にはユーモラスな言葉遊びの面もある。

詩人たちがこのようなイベントに、単に参加したというだけでなく中心的な役割を果たした理由は、五日前の一九六八年四月二五日、新宿の厚生年金会館小ホールで開かれた思潮社創立一〇周年記念シンポジウム「詩に何ができるか？」を見ると分かる。大岡も講演と討論に登場した催しは、主催者の予想を超え、定員を大幅に上回る入場者でにぎわった（前掲『大岡信全軌跡　年譜』）。現代詩に対する一般の関心は、今では想像できないほど高かった。「政治の季節」にもかかわらず、と見えるだろうが、むしろ「政治の季節」だからこそ言葉の力が、若い世代をはじめとする人々の心に訴えかけたといえる。

これに前後する六〇〜七〇年代に大岡は、ラジオ向けの放送詩劇やドラマ、舞台や映画の脚本も書いている。詩論、美術批評とともに劇評や演劇批評も試みた。彼にとって、いわば「劇の時代」でもあったのかもしれない。六四年のラジオ作品「墓碑銘」、六六年の「写楽はどこへ行った」（六八年にテレビドラマ化）は放送記者会賞最優秀賞を受けた。

では、大岡にとってジャンル横断的な人々との関わりや「劇の時代」はどんな意味を持ったか。それは「他者」との関わりという点に集約されると思われる。

近代以降、詩の創作が基本的に孤独な営みであるのに対し、劇は一人芝居であっても単独では完結せず、他者の介在なしに成立しない。他者は意のままにならず、場合によっては意に反する動きや表現をする。しかし、逆に個の発想を超えた思いがけぬ展開が生まれ豊かな世界が開かれることもある。まさにハプニングをはらんだ他ジャンルとの接触の中で、それらと詩との間に生じる交響に、大岡は創造的な可能性を見いだしたに違いない。

いうまでもなく、こうした「他者との出会い」の経験は、日本の古典文芸への探究と相まって、七〇年代以降の連句、そして連詩への取り組みにつながり、のちの「うたげと孤心」論に結実していく。そして、六〇年代にはもう一つの「他者との出会い」の場があった。大学での教師としての仕事である。

2　大学紛争の時代

明治大学教員となる

一九六四(昭和三九)年秋、東京都杉並区の明治大学和泉キャンパスにある法学部の教養課程で、次年度に国語の教員を採用する人事案件が持ち上がった。助教授だった菅野昭正は、教授の西垣脩《しゅう》［一九一九〜七八］から「誰か適任者はいませんか」と聞かれた。前年に新聞社を辞めていた大岡信が浮かんだ。「西垣さんに名前を告げると、それはいい、さっそく交渉してくれということになりました」と菅野は私の取材に答えた。

国文学者で俳人の西垣は大岡の存在を知っていた。当時高校生だった西垣の長男で、のちに情報学者となる通《とおる》［一九四八生］は、父親が大岡を高く評価していたのを覚えている。「戦中派の父に対し、大岡さんは「戦後派」で世代は違いますが、旧制高校を出て同じ東大文学部で学んだという仲間意識はあったでしょう。しかも大岡さんはフランスを中心に新しいヨーロッパ文学の素養がある人なので、ぜひ呼びたいと思ったようです」。私にそう語った。ここでいう戦後派は、戦時中に青年期を送った戦中派より下の世代を指し、文学史上の戦後派とは異なる。

菅野は、大岡が活動の拠点としていた東京・日本橋の南画廊に足を運んだ。最初は「だめです。大学教師になんかなれません」と断られた。「説得のため南画廊には三回通いました。三カ月ぐらいかかって、ようやく三回目に承諾してくれた。一番大きな懸念は、本来の志である文筆活動に差し障るのではないかということだったと思います」

明治大学で教えていた1966年ごろの大岡信（中央）．学生たちとの懇親の席と見られる

自身ものちに一時期、明大和泉キャンパスで教えた西垣通は「今と違い、教養の教師はそんなに忙しくなく自由で、教育以外の自分のやりたい仕事ができた。父には、大岡さんのような才能ある人たちが活躍できる場を作りたいという思いもあったはずです」と話す。同キャンパスでは飯島耕一や俳人の川崎展宏《てんこう》［一九二七～二〇〇九］らも教壇に立った。

大岡かね子に聞くと、教員の話が来た時、「せっかく新聞社を辞めて自由を手に入れたのに、また縛られることに少しちゅうちょしたと思います。でも、家計に多少は責任も感じていたのでは」と笑った。

結果的に、大岡は六五年春から教え始める。三四歳だった。以後八七年まで二十年余り、助教授（六五年一〇月～）、教授（七〇年一〇月～）を務めた。この間、七八年八月には、彼を招いた中心人物の西垣脩が五九歳の若さで急死する悲報に遭遇している。
通によれば、西垣は和泉キャンパスの責任者の職にあり、六〇年代後半の大学紛争を引きずる形で厳しい要求を突きつける学生側との交渉を担っていた。辛労が積み重なり、心筋梗塞を起こしたのだ。その死に際し大岡夫妻が示した悲しみは、通にも予想のつかない激しいものだった。「父と大岡さんとのつながりの深さを感じました。私自身が大岡さんと話をするようになったのは、その後です」

「わたしは月にはいかないだろう」

親身に接してくれる大岡を、西垣通は師とも慕うようになるが、個人的な事情ばかりではない。「電機メーカーのコンピューター技術者だった私は、自分なりに科学技術と文明の関係を考えていましたが、大岡さんにも科学技術を相対化する問題意識がありました」

例に挙げるのは、一九六九年八月に発表した詩「わたしは月にはいかないだろう」（『透視図法——夏のための』所収）である。四連一〇行の短詩の冒頭一連。

わたしは月にはいかないだろう
わたしは領土をもたないだろう
わたしは唄をもつだろう

これが書かれたのは米国の宇宙船アポロ一一号の飛行士が人類初の月面歩行を達成した直後だった。通は語る。「私は大学生でしたが、多くの日本人が「快挙」に大騒ぎし、「自分もやがて月に行けるかもしれない」と興奮する者も少なくありませんでした。しかし冷静に考えれば、それは米ソの軍事力競争の副次的産物です。この詩には、底の浅い科学技術進歩主義の文明に対する批判的まなざしがあります」。人工知能(AI)がもてはやされる今日の状況に、文明論的な観点から警鐘を鳴らす論客の指摘であり、説得力がある。

わたしはわたしを脱ぎ捨てるだろう
血と汗のめぐる地球の岸に——
わたしは月にはいかないだろう

最終連にそう書き付けた詩人の視線には、単なるアイロニーを突き抜けた鋭さがある。
では、こういう透徹した目をもつ教員は、学生たちにどう映ったのか。また彼自身、どのように教育の場に臨んだのだろうか。

「肯定」を語った無頼な自由人

明治大学和泉キャンパスの校舎はバリケードで封鎖されていた。一九六六年に始まった学費値上げ反対闘争は、大学当局に対する学生らの反発が激しさを増し、全面対決の様相を呈していた。秋には学生側が授業の実施を拒み、やがて校舎に立てこもった。

同様の光景は六〇年代後半、全国各地の大学で見られた。東大闘争に参加し、のち評論家となった小阪修平［一九四七〜二〇〇七］の『思想としての全共闘世代』によると、六五年から慶應義塾大学や早稲田大学で学費闘争などが始まっていた。ただし、特定の党派（セクト）に属さないノンセクトの学生らを中心に全共闘ができるのは、六八年に日本大学と東京大学で結成されて以降である。

明大和泉キャンパスのバリケード内で二〇歳の誕生日を迎えた法学部二年のある男子学生は、構内の集会で、三〇代半ばの若手教員が学生らを前に、静かな、しかしきっぱりとした口調でこう語るのを聞いた。

「君たちが現在の全てを否定すると言うなら、僕は現在の全てを肯定する」

前年に助教授になったばかりの大岡だった。発言を記憶にとどめた学生は、のちに明治大学学長を務めた法哲学者の土屋恵一郎〔一九四六生〕である。「当時の学生は「否定」の気分に酔っていたので、みんな「やられた」と思った。聞いていた学生が口々に「あの言葉はすごいね」と言っていました」と土屋は証言する。六六〜六七年ごろの学生運動はまだ過激さはなく、教員と学生の対等な対話の場もしばしば設けられたという。

二年の春から土屋は大岡の「論文指導」の授業を受けていた。決まったテキストはなく、さまざまな本や雑誌から文章を引いてきては、大岡が自在に論じていくものだった。「四五人ほどの授業で、女子も四人いました。大岡先生は大学教師というよりは初々しい文学青年。左翼学生の私にとって、政治的立場からではなく一人の無頼な自由人として話をする先生は魅力的でした」と取材に答えて話した。

二学年下で六七年に法学部に入学した西川敏晴〔一九四八生〕は一年の時、大岡の「プロゼミ」の授業を取った。「団塊の世代」の進学とともに学生数が増大し、大教室でのマスプロ教育が批判される中、それに対応した少人数制の授業だった。「私はそれまで大岡信の名を知りませんでしたが、講義案内の文章にひかれて大岡ゼミにエントリーしました。実際、現代詩や現代美術、詩人やアーティストの名が飛び交い、時代の先端の雰囲気にあふれる授業でした」と私に語った。

その後、卒業するまで西川はしばしば大岡のもとを訪れた。とりわけ大岡が最初の海外旅行をつづった『眼・ことば・ヨーロッパ』に魅了され、卒業前の一二月末から三カ月以上のユーラシア大陸一周の旅に出た。「出発を前に、先生は著書にはなむけの詩を記してくれました」。四行の詩が添えられた本は、西川の宝物となった。

のちに西川は、海外旅行ガイドの定番となる『地球の歩き方』シリーズ（七九年刊）の生みの親の一人となる。八〇年代以降、若者を中心としたバックパッカーなど個人旅行者のバイブルになった。「初めての旅で美術館を中心に予定を組んだのも先生の影響です。『地球の歩き方』の初期は、私の旅の体験をそのままリアルに書きましたが、特に美術館の記述については他のガイドブックより力が入っていたと思います」

「政治の季節」の真っただ中で大学生活を送った西川の印象でも、大岡は「とにかく学生の話をよく聞く。でも相手がイデオロギーで仕掛ける質問に対し、イデオロギーで答えることは絶対にしませんでした」。

緩急を生むための「形式」

現代詩が青年層によく読まれていた当時、吉本隆明、谷川雁《がん》［一九二三～九五］ら、政治的にも文学的にも、より広範な影響力を持った詩人はいた。だが、大岡の場合、非政治的でありながら一人の「リベラルな人間」としての振る舞いと対話によって、身近な学生たちに強い印象を残したようだ。能楽などの演劇や舞踊にも詳しい土屋は、大岡の姿勢はのちの代表的な評論『うたげと孤心』につながっていると指摘する。「この本は単なる文学評論ではなく、集団と個の関係を論じ、しかも集団を「うたげ」という自由な集い方として表現しました。狭い集団への帰属やアイデンティティーが強調され、ヘイトスピーチが問題となる今こそ大岡さんのリベラルな態度は大事です」

そんな土屋が魅力を感じる詩は、晩年に近い時期の作品だという。例に挙げたのは二〇〇二(平成一四)年の詩集『旅みやげ　にしひがし』である。日中戦争前の一九三五年に中国で客死した父方の祖父を描いた一編「延時《イエンシー》さんの上海」を見よう。表題にあるのは祖父の名の中国語読みだ。妻と、大岡の父を含む三男一女を三島の自宅に残したまま二十年余をかの地で暮らした祖父に、三一年生まれの孫が相まみえることはなかった。

四節にわたる長い詩の最後、作者は祖父の没後四十年余を経ての訪中の機会に、上海で旧居を訪ね当てる。祖父の姿を幻視する最終連四行を引く。

すべて儚いゆめ。好天のもと、貧しげな、
古ぼけた旧日本人街、俯《うつぶ》せのすがたのまま、
ぼくを迎へ、去らしめた町。「孫よ、何事も運命《さだめ》なのだよ。」
延時さんが、むくんだ顔をグレーの服で包んで通る。ひっそり無言で。

一見、エッセーを行分けしたような、詩的凝縮の緩い作品にも映る。大岡自身が詩集の「あとがき」に、世紀替わりのこのころ「うたう」ことが「よく判らなくなった」と率直に書いていることも背景にあろう。しかし「その状態を克服するために」「「かたる」ことで道を開くしか」ない、とも述べ、「話の洪水を堰きとめ、緩急を生みだす装置のごときもの」として「四行ごとに一行置くという形式」を取ったとそこに記していた。

実際、よく読めば絶妙な言葉の選択と配置の芸によって、味わいのあるリズムと感興が醸し出されている。緩急を生むための「形式」の必要とは、七〇年代以降の連句・連詩の試みに通じる考え方であり、そののちに見いだされた詩の方法として興味深い。「年を重ねて、現代詩という拘束からも自由になった詩人ではないでしょうか」と土屋は話した。

大学教師になりたての時期の教え子らとの結びつきは特に強く、亡くなるまで交流は続いた。

西川は二〇一四年に発足した大岡信研究会の会長となり、大岡の仕事を研究・顕彰する活動を続けている。また、明治大学は大岡の蔵書などの資料を受け入れ、図書館内に「大岡信文庫」を作る計画だ。土屋は「学生に開放し、若い世代が大岡さんの持つ自由な空気を吸収する場になってほしい」と願う。

『蕩児の家系』で歴程賞を受ける

一九六九年七月一日の「毎日新聞」朝刊二面に、笑みを浮かべた大岡の写真が載った。話題の人物を紹介する「ときの人」欄に、「『蕩児の家系』で歴程賞をもらう」詩人として取り上げられたのだ。既に何度か触れてきた『蕩児の家系』は大岡にとって前期の代表的な詩論であり、おそらく戦後に書かれた詩論の中で最もよく読まれたものの一つだろう。

まずタイトルが興味をそそる。「あとがき」の最初で自ら「風変りな題名」としたうえで、「いうまでもなく、〈蕩児の帰郷〉という例の物語に由来する」と書いている。

聖書以来、西欧の文学者や画家により繰り返し扱われたテーマであり、動脈硬化に陥った伝統が、いったん家を飛び出した「放蕩息子」によって蘇生してきた歴史の比喩である。ところが「日本の詩の場合は、事情が少々違っていた」。明治期以降の近代詩人たちは「のっけからみな放蕩息子」で、「短歌、俳句のような旧家に格別気がねすることもなしに郷里をとびだし、きょうはヨーロッパ、あすはアメリカと放浪を続けてきた」。だが、「ふと気づいてみると、帰るべき故郷がなかった」(「昭和詩の問題」『蕩児の家系』)という見立てだった。

総討論 大学とは何か
毅然たる態度必要 岩尾
大学も秩序維持派 村尾
自治と警察
地下核停の促進を
朝海代表、きょうジュネーブへ
海底の軍事利用禁止も
諸外国へ実例調査
来月から具体化作業に
万国博跡地は公園に
初の日ソ知事会議
返す必要ない
ときの人
早川書房
現代イタリアの文学
アルベルト・モラヴィア
全12巻
消えた野心
現代ジャーナリズム選書
ヘンリー・ルース
やむを得ぬ事情により…
キャッチ=22
ジョーゼフ・ヘラー
各巻増刷出来
大江健三郎全作品
新潮社
緊急出版
討論
三島由紀夫
東大全共闘
新潮社

歴程賞の受賞が決まった大岡信を「ときの人」欄(中段左端)で取り上げた「毎日新聞」(1969年7月1日朝刊2面，提供＝毎日新聞社)

六〇年代に至る戦後の詩人たちの仕事を、近代詩からの一貫した流れの中に位置づけたところに、この本の手柄はあった。「ときの人」記事では、自ら「この種のものは、戦前については、かなりいいものがあるが、戦後詩については突っ込んだものがなかった。非常に複雑なうえに、ぼく自身もその中にいるので書きにくかった……」と語っている。

面白いのは、この記事が載った紙面の下の広告欄である。どれも出版社のもので、右半分に新潮社が「緊急出版」と銘打つ『討論　三島由紀夫vs.東大全共闘』と『大江健三郎全作品　全六巻』を並べ、左側に早川書房がシリーズ『現代イタリアの文学　全一二巻・別巻一』の第一回配本としてアルベルト・モラヴィア〔一九〇七～九〇〕の『潰えた野心』などを掲げている。当時の世相と流行を感じさせる。三島と東大全共闘の討論会は三島没後五〇年の二〇二〇年に映画化され、話題となった。

『蕩児の家系』が出て間もなく『歴程』の山本太郎から電話がかかってきた。『歴程』は戦前から現在まで続く詩壇の代表的な雑誌で、六三年に島崎藤村〔一八七二～一九四三〕を記念して歴程賞を創設した。金子光晴や安西冬衛《ふゆえ》〔一八九八～一九六五〕ら戦前以来の詩人も受賞している。

山本は「オレが今から言うことにイヤだといってくれるなよ」と、大岡に受賞決定を告げた。「詩人たちが集まって選んでくれた賞ですから、喜んでありがたく頂戴しました」（著作集第七巻、巻末談話)。ラジオドラマを除けば初めての受賞だった。それが詩壇の有力な賞だったことは、彼のキャリアにおいて意味を持ったと思われる。既に気鋭の詩人、批評家として活躍していたが、以後、一般紙誌での露出もいっそう増えていく。

「政治の季節」の中の現代詩

戦後詩の歴史を扱った評論としては、吉本隆明の『戦後詩史論』(一九七八年)が名高い。中でも、石原吉郎《よしろう》[一九一五〜七七]、平出隆《ひらいで》[一九五〇生]らの現代詩人の作品と、小椋佳《けい》[一九四四生]、さだまさし[一九五二生]らシンガー・ソングライターのヒット曲の歌詞を並べ、両者の「感性的な核」に高低の差はないと断じた論文「修辞的な現在」は衝撃を与えた。高度経済成長後に起きた状況の変化を鋭く捉えての分析だが、「今になってみれば『蕩児の家系』のほうが射程が長いと感じる」。二〇一九年末、私の取材に答えて、詩人の城戸朱理《きどしゅり》[一九五九生]は話した。

「吉本さんは一九七〇年代の詩に、作者の思想の差異ではなく、表面的な修辞の差異を特徴として見いだしましたが、そこには戦後性という思想的背景のほうが重要だとの前提があった。一方、大岡さんは言語表現としての詩がどのように生まれるかに、常に主眼を置いていました。イデオロギー対立の時代がベルリンの壁崩壊[八九年]で終わってみると、より見通しがよかったのは大岡さんという見方が出てきます」

　実は、戦後詩史を本格的に論じた著作は、吉本の後ほとんど書かれず、大岡も七〇年代以降の現代詩を『蕩児の家系』でのように綿密に論じたことはなかった。ようやく九七年になって、城戸が野村喜和夫［一九五一生］とともに取り組んだ『討議戦後詩』が出たが、対象は七〇年代に登場した荒川洋治［一九四九生］までにとどまっている。「八〇年代以後もう四〇年たっているが、この間の現代詩を位置づける仕事がない。大岡さんのような分析力と射程を持つ批評家も見当たりません」と城戸は語る。戦後詩の後の、すなわち「戦後以後」の詩が文学史の中に、しかとは姿を現していないゆえんである。

　六〇年代末は、詩の言葉が「政治の季節」の中で社会の激動の強いうねりを浴びた一方で、純粋に文学表現としての探究と開花を夢見ることができた幸福な時代だったともいえる。この点で『蕩児の家系』は、詩という表現行為に対するみずみずしい信頼と希望に満ちた展望が読む者の心を温める。例えば、終わり近くに記された次の一節。

　膨脹が収縮であり、前進が後退であり、上昇が下降であり、往きが還りであるような世界を想像することは、つねに僕の心を鼓舞するものであった。……僕は言葉の宇宙のうちに、そのような、エネルギー恒存原理にも比すべき原理の貫流を見るのである。（「戦後詩概観」)

もちろん「前進が後退であり、上昇が下降であり」といったあたりには、六〇年代のマルクス主義的な「前衛」崇拝、進歩史観を相対化する思想が含まれているだろう。政治には距離を置いたといわれる大岡だが、城戸が私に説いたように彼が「先行世代へのアンチテーゼとして自分たちの世代を位置づけ、さらにはその下の世代にまで届く歴史的パースペクティブを持っていた」ことは、それ自体、一つの政治的な態度と見ることもできる。

「意識的に減速する」歩き方

この「「非政治的であること」の政治性」を考えるうえで重要な一九六〇年代の仕事に、雑誌『中央公論』の「芸術時評」連載(六七年八月号〜六八年五月号)がある。現代の文学から美術、音楽、演劇、建築、商品や宣伝のデザインまで広く芸術を論じたもので、同時期の現代芸術論とともに評論集『肉眼の思想』(六九年)に収められた。大江健三郎の小説『万延元年のフットボール』や三島由紀夫の劇『朱雀家の滅亡』などを扱っている。半世紀以上を経た今日読んでも視野が広く、「あとがき」に自ら「現代芸術は今大きな過渡期の瀬を渡っている。その瀬の荒い流れ、大小さまざまな波にもまれつつ、自分の位置をたしかめ、全体の展望を得ようと努力している一人の人間の、展望と思索と批評の書」と記した通り、時代の荒波を懸命に、しかし心躍らせながら泳ぎ渡るさまが伝わってくる。

この「芸術時評」は、劇作家・評論家の山崎正和〔一九三四〜二〇二〇〕が担当して始まり(六六年六月号〜六七年六月号)、「好評を博した欄」だったのを大岡が引き継いだ。山崎と大岡の立ち位置については終章でも論じるが、これは山崎が「人文関係の評論家になるきっかけ」となったものだった(『舞台をまわす、舞台がまわる――山崎正和オーラルヒストリー』)。山崎が連載終了翌月の同誌(六七年七月号)に書いたまとめの論文の中には、次の執筆者・大岡の顔写真入りの「新連載予告」が掲載され、また大岡の連載初回が載った号の目次には「絶賛を博した山崎正和氏のあとを受けて、詩壇の俊秀が新しい視点から挑戦する!」という謳い文句が掲げられた。編集部の期待の大きさがうかがえる。

しかし「芸術時評」欄そのものは大岡の後、適切な――山崎や大岡ほど芸術全般に目配りの効く――執筆者が見つからず「立ち消え」になった。「つまりそういう「馬鹿な仕事」をする人が、たくさんはいなかったわけですね」と後年、山崎は回顧している(前掲『舞台をまわす、舞台がまわる』)。

『肉眼の思想』を収録した著作集第一一巻の巻末談話で大岡は、唐十郎、鈴木忠志、寺山修司らの小劇場運動などを挙げ、こう語っている。

一九六〇年代は、詩の方でも僕らより少し若い人達、たとえば天沢退二郎君や鈴木志郎康君、吉増剛造君や岡田隆彦君などが出てきて、僕などはもう先の様子が解らなくなるくらいに思ったこともありましたね。その人たちはみな、小劇場や映画や土方巽の舞踏とかに、ある意味で、のめり込むように身を浸していった、そういう時代です。僕はむしろそういうものを、外側からも、また中側からも見たかった。できるかぎりのやり方で、とにかく両側に同時に身を置くような視点をもっていたいという気持があって、それが『肉眼の思想』のいくつかの文章には出ていると思います。……

また六七、八年は大学闘争の時期で緊迫していました。僕自身も、この頃すでに大学に勤めていたから、そういうことからくる精神的な影響は強かったですね。しかし、日々の動きの中に、永続的な問題を見つけたいと常に思っていたから、それでなんとか身が持ったみたいなところはあるんですね。……

当時、僕の友人達でも、僕のこういう行き方に対しては、大岡はなんてのんきなことを言っているんだ、と苛々したような人もいたんです。皆が目の前に現われてくる問題について、ものすごい勢いで論じることが多かった。……一般的にいって、外側が緊張した状態、加速状態になっている時期には、意識的に減速するというのが僕の歩き方だったようです。

引用が長くなったが、大岡の方法意識がよく表れていると思う。例えば、吉本や三島と並ぶ大学紛争世代のスターだった大江の『万延元年のフットボール』（六七年）を論じた「芸術時評」の一文「文学は救済でありうるか」は、この小説が「深く静かな酔いに似た感覚」をもたらしたとしたうえで、人が「芸術作品に深く触れたときに創作衝動をゆり動かされる」ことの意味を次のように掘り下げている。

芸術とよばれるものはすべて、想像的なものが、言葉や音や色彩、光や物質や肉体とともに、かつそれらを通して現実化されているものなのであり、……芸術の伝統という、およそ眼に見えない非実体的なものが、にもかかわらずたしかに存在し、個々の人間にとっての巨大な力の源泉でありつづけうるのも、その伝統なるものが、物質化され、形態化された想像力の、巨大な集積、大ダムの別名にほかならないからである。われわれは、ある作品を読み、あるいは聴き、見ながら、じつはその作品を通してこの厖大な人類共有のダムに浸っているのである。（傍点は原文、『肉眼の思想』）

ないだろう。

伝統という「人類共有のダム」

そして、先の『蕩児の家系』の引用の後に、大岡がこう書き付けているのを見逃してはならない。

人が詩を書くのではなく、詩によって人が書かれているとしか思えないような作品がある。それこそ、ほんとうの意味での、至福の詩であろう。（「戦後詩概観」）

これは『うたげと孤心』の同時代ライブラリー版（九〇年）に大岡が付したエッセー「この本が私を書いていた」に盛られた趣旨に通い合う。同書は初め一九七三〜七四年、雑誌に連載されるが、その間、彼は「一体自分が何を書きつつあるのかも、半ば夢うつつの状態でしか意識していなかった」。それを九〇年の段階で考えた時、「私がこの本を書いたことは事実であるにしても、その後二十年近い期間の私の生活を振返ってみると、実はこの本が私を書いていたのだった、という疑いようのない実感に迫られる」という。

次章で詳しく論じるが、これは七〇年以降、大岡が連句、次いで連詩を始め、『うたげと孤心』執筆と同時並行して取り組んだ経験が「最も大切な実践の場での観念形成の日々」となったことを指す。その後、海外の詩人たちと重ねた連詩の実践にも触れ、次のように記している。

これらの体験は、私にとっては全くの偶然から始まりながら、やがてすべて必然の展開だったように思われてきた一連の出来事である。『うたげと孤心』という本が、私の書いたものでありながら実は私を書いていたと言った理由の一斑は、以上のようなところにある。

これを書いた時、作者が芸術の伝統という、あの「人類共有のダムに浸って」いたことは間違いのないところだろう。

親子ほど年少の城戸に、大岡の仕事をどう見ていたか尋ねた。「孤心は蕩児、うたげは帰るべき家と置き換え可能です。詩人たちが帰る家自体を作る仕事が大岡信の生涯だったと思う。大岡さんはシュールレアリスムから出発しました。瀧口修造と交流し、その精髄に触れていた人が、同じ強度で日本の古典に言葉を開いていったのが最大の業績です」

では、「家」となるべき集団的な創作の魅力に、大岡はどのようにして踏み込んでいったのだろうか。

第4章
「唱和」のよろこび
『紀貫之』,『うたげと孤心』,『春　少女に』

ベルリン芸術祭での連詩制作風景．左端が大岡信（ドイツ・西ベルリン文学館，1987年，撮影＝ティル・バルテルス）

1　連句のダイナミズム

集団制作に「病みつき」

一九七〇(昭和四五)年一〇月一二日、東京・溜池山王の料理屋「山の茶屋」に大岡信は足を運んだ。他に詩人の安東次男、作家の丸谷才一と筑摩書房の編集者の計四人がこの場所に集った。安東が著した評伝『与謝蕪村』の出版祝いで、安東の声掛かりにより連句を巻こうという話になったのである。

安東は加藤楸邨[一九〇五〜九三]に師事した俳人でもあり、とりわけ『芭蕉七部集評釈』などの執筆を通じ松尾芭蕉の連句を読み込んでいた。丸谷も日本古典に並々ならぬ関心を寄せた人である。この連句の会の始まりについて、大岡はこう記している。

連句には興味があったので、当日は指定の場所へといそいそと出かけた。定刻についてみると、流火山房主人こと安東さんはすでに早くに到着、いざカワイガッテやろうず、とばかりわれわれを待ち構えている。

もちろん、目ざすは三十六句の歌仙一巻である。(『連詩の愉しみ』)

「流火」は安東の俳号。連句とは、複数の作者が五七五の長句と七七の短句を交互に付け連ねていく文芸である。室町期に盛んだった連歌のうち、俗語を使い滑稽味を主とした「俳諧の連歌」が元で、江戸時代には単に「俳諧」と呼ばれるようになる。明治になると最初の発句が単独で作られることが一般化して俳句の呼称が生まれ、これに対して長く連ねるものを連句と呼ぶようになった。詠み連ねることを「巻く」という。

大岡が「目ざすは三十六句の歌仙」と述べたように、連句のうち三六句を連ねるものは和歌の三十六歌仙にちなんで「歌仙」と呼ばれる。これが江戸期に連句の標準の形式となり、芭蕉の一門も『猿蓑《さるみの》』などに収められる多くの優れた歌仙を残した。安東は当時、これらの歌仙を精密に分析、研究していただけに、実作を試みたいと望んだのだろう。

実際、彼らの連句では安東が宗匠となり、丸谷、大岡らから出された句を吟味、添削する「捌《さば》き」を務めた。「威張りの安東」と呼ばれた安東の厳しい指導ぶりは、のちに活字になった参加者＝連衆《れんじゅう》の座談からもうかがえる。最初の時は苦吟の末、第三、四句目に、なんと芭蕉七部集の一つ『曠野《あらの》』の歌仙から発句と脇句(第二句)をそのまま引用する「破天荒な事」も行われている。この日、「十句目まで行ったところで店の方が時間となったが、早くも病みつきとなり、そのまま丸谷家へ移って、翌朝四時すぎまで続ける」(同前)。それでも三句しか進まず、以後も断続的に詠み継がれ、歌仙三六句が完成したのは翌七一年五月五日、安東家でだった。ともあれ、彼ら、中でも大岡と丸谷は本当に「病みつき」になった。七二年以降、加藤楸邨・知世子《ちよこ》〔一九〇九〜八六〕夫妻や、安東の友人である俳人の飴山実《あめやまみのる》〔一九二六〜二〇〇〇〕、ベテラン作家の石川淳〔一八九九〜一九八七〕を迎えては、次々と連句を巻くようになる。その「玄妙不可思議な苦痛と快楽の混合体」(同前)は彼らを深く捉えた。大岡はつづっている。

まったく、これは、望みを高くもてばもつほど難しくなる、それゆえ病みつきになるに十分な魅力をもった集団制作の詩であり、遊びなのだ。一人一人がその個性をふりしぼりつつ、しかも全体の運びに徹底的に尽さねばならないところに、連句の連衆心というものの、非常にきびしい相があるが、それこそまた、不断の興味の源泉なのである。(同前)

「次に何を置くか」

文壇で独自の存在感を持っていた石川と安東、丸谷、大岡が巻いた歌仙「新酒の巻」は、初めて公刊された「作品」となった。雑誌『図書』の一九七四年三月号に、四人が自らの句の意図などを語り合った座談とともに掲載され、以後、この発表形式が踏襲される。八一年には、石川を除く三人による二つの歌仙と合わせて単行本『歌仙』が刊行された。

「新酒の巻」では、丸谷と大岡による次の部分がよく引用される。

モンローの傳記下譯五萬圓　才
どさりと落ちる軒の殘雪　信

これだけでは何のことかよく分からないが、丸谷の前の句が石川の「引くに引かれぬ邯鄲の足」(邯鄲は『荘子』の「邯鄲の歩」、すなわち、むやみに他人の真似をすると自分本来のものまで失ってしまうという故事に基づく)で、それが「モンロー・ウォーク」のマリリン・モンローに結びついたもの。座談で丸谷は歌仙の運びに対し、「なんかもっと窓を大きく開けたい、今様に崩したい、そういう気持がありました」と語っている。

「着想の破格なところが面白い」ながら「悪作」(石川)とも評された句だが、大岡の付けが絶妙で、安東も「うまくまとめてくれました」と褒めている。普通なら付けようがないと考えるところを、大岡は「これは付けやすいんじゃないか、と直感的に」思えた。「モンローを好きかどうかということにもかかわりますからね。(笑)」とも話していた。大岡がモンローのファンで、代表詩の一つに「マリリン」があることは前に述べた。

飴山が七六年の雑誌『俳句』九月号に書いたエッセー「連句小感」によると、七一年に安東と両吟(二人で付け合う)連句を試みた際、安東が詠んだ「停年の後夜《ごや》かけて讀む三國志」など一部の句も「新酒の巻」には取り入れられた。もちろん、連句は近代以降も俳人らによって行われてきたが、江戸時代に成立した詳細な式目(決まり)を厳格に守る流儀が主だった。それに比べ、安東らの始めたやり方はかなり自由だったといえる。

その後、大岡と丸谷を中心とする歌仙は連衆の顔ぶれを変えながら、主に大岡を捌き手として長く続いた。あくまで構えとしては、多忙な本業を抱えた人々による「遊び」であり、時に数年の間が空くこともあったが、大岡が病で倒れる二〇〇九年までに、発表された歌仙だけで三〇巻を超え、本も計六冊に上る。

二〇代の終わりから三十数年、大岡と交流のあった俳人の長谷川櫂[一九五四生]に聞くと、「安東さん、大岡さんたちによる連句・歌仙は歴史的に見ても画期的でした」と評価を語った。「重要な約束事、つまり五七五と七七、花の座、月の座を設けるといった点はきちんと守りつつも、流れを大事にしていました。言葉の表現は孤独な営みで、孤心によって生まれるが、孤心と孤心が結びつき、次に何を置くかを考えた時に面白いものが展開する。それが歌仙の最も大切なところです」。「月」と「花」は連歌以来、代表的な景物とされ、一つの歌仙には二花三月を詠むのが通例で、「定座」といってそれらを詠む箇所も決まっている。

次に何を置くか――これこそ大岡の詩歌観の要だったと長谷川は言う。異質な個性と個性、また多様なジャンルの間をさまざまな形で橋渡しした詩人の歩みと、それは重なる。

三島事件への内在的批判

大岡は雑誌『雁』の一九七二年一月創刊号に詩「死と微笑」(『悲歌と祝禱』所収)を発表した。その一節。

不遜にも男たちは死にあくがれる

少年は　唇を
大人は　腰を
おのがじし涼しげにひきしぼり
百千《ももち》鳥《どり》そらのももだちとるあした
残照を浴び蜥蜴たちが
紅葉の裏のむらさきをよぎるゆふぐれ

果実の毳《けば》にたまる露吸ひ
男たちは死にむかつて発《た》つ

副題は「市ヶ谷擾乱拾遺」。七〇年一一月、三島由紀夫が東京・市ヶ谷の陸上自衛隊東部方面総監室に入り、割腹自決した事件を主題にしている。

三島さんの死に対して批判的なんですが、ただ批判的というだけでなく、もう少し複合的な感情をもって作っていると思います。つまり男っていうものの中には、どうしようもなくある目的に向かって、自分を殺す形で突込んでいってしまう性質があると、自認しているようなところがあります。（著作集第三巻、巻末談話）

かつて大岡の「保田與重郎ノート」を三島が激賞したことは前に述べたが、とはいえ、三島との間に深い付き合いはなく、この詩もある種の哀惜を語りながらも「男たち」の死に「批判的」なのは明らかだ。ただし右の自解の通り、批判は単純でない。

例えば「百千鳥そらのももだちとるあした」という歌仙の一句と見まごう一行。百千鳥は、春に山野をにぎわす鳥たちを指す古来の表現だが、それを半ば枕詞のように用い、「股立ちを取る」＝はかまの裾をたくし上げる、すなわち侍の出陣のいでたちを示唆して、いっそユーモラスでさえあるような言葉で死へ赴く姿を相対化している。

なぜもない
ゆゑにもない
断言肯定断言否定の
なんたる解放
なんたる歓喜

同じ詩にあるこの「解放」も「歓喜」も、いわば日本人が陥りがちである「不遜」な死の思想に対する内在的批判なのだ。三島事件についてはもう一編、「燈台へ！」という詩（『悲歌と祝禱』所収）、また七一年三月にNHK・FMで放送したラジオドラマ「イグドラジルの樹」も書いた。「イグドラジル」は作中の記述によれば「北欧神話に出てくる宇宙の樹」である。このドラマは「イグドラジルというひとりの神話的存在に恋をし、ついには変身して死んでしまう」主人公の男のイメージが、「どうやら三島さんの事件から受けた衝撃をかなり反映している」とのちに語っている（著作集第二巻、巻末談話）。

その主人公について別の登場人物が「ううッ、ぞーッとする、あの人の頭！　頭がないんだよ」と語るあたりには、三島の死がはっきり投影されている（「イグドラジルの樹」著作集第二巻）。ただ、詩もドラマも事件の意味を政治的、思想的にではなく、あくまで文学の問題、人間の問題として探るものだ。三島の死とは演技的な悲劇であると同時に「あくがれ」の成就であり、永遠への陶酔と血なまぐささが同居している。そうした実相を大岡は言葉に定着したのだが、これは当時、必ずしも簡単なことではなかった。

前述の長谷川櫂がいうように、東西冷戦を背景に左右のイデオロギー対立が国内でも激しかった時代である。六〇年代末の大学紛争で高揚した新左翼運動は七〇年代に入り、一部のセクトが過激化して、それこそ血なまぐさい事件を引き起こす中で退潮する。一方で、ベトナム反戦などの主張は市民レベルで支持され、革命幻想はなお持続していた。長谷川は「多くのインテリが左派の陣営にくみした中で、大岡さんは距離を置いていた。左右両派のどちらをも客観的に見ることができた、知識人として特異な存在でした」と私に語った。

『紀貫之』で古今集を再評価

それも単に中間にいて、安穏と静観を決め込んでいたのではなかった。一九七一年に刊行した評論『紀貫之』はその好例だろう。シリーズ「日本詩人選」の一冊として書き下ろされ、翌年に読売文学賞を受賞した作品である。同シリーズには他にも、前に触れた安東次男『与謝蕪村』や丸谷才一『後鳥羽院』、吉本隆明『源実朝』など、名著が多い。

『紀貫之』は、正岡子規〔一八六七〜一九〇二〕が『歌よみに与ふる書』(初出は一八九八年)で「貫之は下手な歌よみにて古今集はくだらぬ集に有之候」と罵倒して以来、地に落ちていた紀貫之と『古今和歌集』の再評価を果たした革新的な仕事である。この場合も大岡は、子規が明治期に果たした「伝統破壊者」「偶像破壊者」、さらに『万葉集』に始まる「別の伝統の発掘者」としての役割を正当に位置づけたうえで、貫之作品の丁寧な鑑賞により、平安時代の優れた「文人的詩人」の姿を彫り上げていった。

その論の特徴を歌人の小島ゆかり〔一九五六生〕に尋ねると、「和歌史の流れの中で子規は自分のいる場所から振り返って古今集を批判した。それに対し、大岡さんは源流に近い場所にあえて立ち、そこから見えた古今集の画期的な意義を書きました。原初的な光の力を探り当てようとした人ではないでしょうか」と答えた。

同書の執筆を通じ、大岡は「古今集的表現」の中に詩歌の重要な要素を発見する。「合す」(作品により「合わす」とも表記)原理である。それは歌合や、貫之の得意とした屏風歌(屏風絵の主題に合わせて詠んだ歌）、恋歌などの分析を通し、繰り返し示される。あるものと別のものとを「合わす」ということは、必然的に遊びの要素を含む。それは、文学的意識の、ある程度の成熟と、それにともなう余裕とを背景にしなければ生じ得ない要素である。……詩歌の歴史において、記憶にとどめられ、歌いつがれるようになる最初の歌々は、おおむね唱和の歌、あるいは対話的な歌であるということを思い合わせてもよい。（第一章「なぜ、貫之か」）

「合わす」ということは、日本の詩学の根本原理ということになるのではないかとさえ考えられるのである。和歌において特に顕著な一特徴として、いくつもの影像を重ね合わせ、互いに融け合わせて、ある象徴的気分をかもしだすという方法があって、それはやがて、方法という自覚さえないほど身についた生地になっていった。（第七章「恋歌を通してどんな貫之が見えてくるか」）

「個と集団の関係性」への洞察

さらに大岡は、前年から始めた連句を続けるとともに、次節で述べる連詩の試みにも踏み出した。一見、社会の激動に背を向けた文学的な遊戯のようにも映る。だが、ここには深い意味での左翼批判が含まれていたと三浦雅士は指摘する。

一九六九年に初めて会った頃、大岡が「左翼というのは不人情だからね」とつぶやいたのを三浦は鮮明に覚えている。そう私に語った。「絶対的な正義を唱える言説には、首をかしげるべきだと考える人でした。左翼の思想は観念的で、人間の感情や情緒には批判的です。全く逆に、大岡さんは人情を最も重視し、社会の根底は顔の見える人間同士のつながりにあるという信念を持っていた。明確に意識していたかどうかは別として、そうした思想の、詩における表現が連句・連詩でした」

大岡自身は連句・連詩に触れた七四年の文章でこう書いた。

今、個の行きづまりというようなことが文学、芸術の世界で広く問題になっていることはたしかだが、そういう議論の落とし穴は、個性的なものを離れて共同性があるような錯覚に人を導きやすいところにある。……「全体」か、それとも「個性」か、というような単純な二者択一では、いずれにしても何事も始まらないだろう。(前掲『連詩の愉しみ』)

七〇年代初めの大岡には四半世紀前の敗戦を招いたファナティックな軍国思想に対する嫌悪があった一方で、当時勢いのあった左派の思想に対してもその非人間的な側面を見据えるまなざしがあった。奥底に「個と集団の関係性」に関する洞察があったのは間違いないと私は思う。つまり、個を圧殺する集団の論理、党派の論理は左翼のみならず、軍国日本の経験に明らかなように右派にも存在する。しかし、人間生活が何らかの集団を必要とするのも確かだ。では、党派によらない集団の論理はどのように可能か。そうした問いの前に現れた答えが連句であり、連詩だった……。

とまれ、彼の後半生に枢要な位置を占めた集団制作の意味は、いま少し実例に即して考える必要がある。

場を楽しみ、個性を生かす

歌仙、連句といっても、経験したことのない者にはピンとこない。五七五と七七の句を交互に詠んでいく現場とは、どんな様子のものなのだろうか。

二〇二〇年二月、〇六年に行われた歌仙「茄子漬の巻」(於東京・赤坂のそば屋「三平」)について、前述の小島ゆかりに聞いた。他の連衆は大岡、丸谷才一、歌人の岡野弘彦[一九二四生]で、当時の年齢はそれぞれ七五歳、八〇歳、八二歳。対する小島は四九歳と飛び抜けて若い。「初めは緊張しましたが、三人が驚くほどくつろいでいらして、年の差を超えて自然に入っていけました」と小島は話す。大岡と丸谷はさまざまな人々と連句を巻いたが、特に一九九九年以降は岡野を加えた三人でメンバーを固定し、長く続けた。活字となった彼らの歌仙約二〇巻の中で、唯一ゲストに迎えられたのが小島である。

「茄子漬の巻」は、のちに行われた四人の座談とともに約二年後、雑誌『図書』の二〇〇八年七月号に掲載された。座談の冒頭で大岡は、自分が「ぼくらの仲間に入ってみませんか」と小島を誘ったことを明かしている。その数年前から、小島が長谷川櫂、作家の辻原登〔一九四五生〕らと何度か歌仙を巻いていたのを、大岡が聞き知ったらしい。

発句は「客人」の小島が詠み、脇を大岡が付けた。

茄子漬は水の香りや朝ごはん　ゆかり
犬かけ回れ牛洗ふ庭　信

泉州(大阪府)名産の水なす漬けのイメージを農家の朝の場面と見て、牛を洗う庭先で犬が駆け回るさまを続けた。大岡は「「水の香り」という小島さんらしい美しいイメージが出てきましたから、元気よくこの発句を回そうと思って」と付けの意図を座談で語った。それに対し、丸谷は「これは幸福感をのびのびとうたう、典型的な大岡信的幸福感だね(笑)」とちゃかすように評している。

和やかなやり取りは、歌仙が巻かれた場のものと共通するようだ。「丸谷さんが文学論から文壇ゴシップまで、とにかくよくしゃべる。他の二人は口数が少ないのですが、大岡さんが時折「それは違うよ」とか「僕はそう思わない」と意見を言う。すると、待ってましたとばかり丸谷さんが議論を仕掛けていました」。小島はそう愉快そうに、酒食をともにしながらの現場の光景を私に語った。

「捌き」を務める大岡の手並みはどうだったか。「各自の順番が来ると、丸谷さん、岡野さんは二句、私は三句ぐらい作って、大岡さんに見せる。みんなでのぞき込んで意見を述べ合い、どれにするか決まりますが、迷うと丸谷さんは最終的に「大岡さん、どうよ」と決断を求めていました。大岡さんは自分から積極的に捌こうとするのではなく、ゆったりと場を楽しみ、それぞれの個性を生かそうとしていた」。これも小島の貴重な証言だ。

まさに「うたげ」の喜びが伝わってくる。だが「作品」の出来に関しては厳しい判断がなされたようで、大岡、丸谷らが数多く巻いた連句には発表されなかったものも多い。楽しい「遊び」のようでいながら、一定の水準に達しなければ公にしなかったのだろう。

孤独追求に抗する「唱和と即興」

『紀貫之』に続く大岡の古典詩歌論『うたげと孤心』は、こうした集団制作の体験を重ねる中で、一九七三〜七四年に季刊誌『すばる』(のち月刊)に連載された。もちろん連句も連詩も七〇年代においては初心の緊張感、試行錯誤を含んでいただろう。それでも、公表された作品・座談を読んだ印象では、いずれの場も大岡ら参加者にとって他では得られない、魅力的なものであったことがうかがえるのは、小島が私に語ってくれた三〇年後のものと変わらない。

『うたげと孤心』の「贈答と機智と奇想」の章に、大岡は書いている。

遊びと見え、戯れと見えるものが、じつは精妙に練りあげられた秩序ある構造をもっている場合、そこに投入されたおびただしい時間と精力と忘我の恍惚境とを思いみる必要がある。それは、強いられた無為の時をみずからのものとして奪いかえし、堅固な秩序を貫徹しようとする意志的な営みの現れにほかならず、現実の秩序からはじき出されている痛覚を創造的に転換する自由実現の場にほかならなかった。

そういう意味では、贈答歌の「うたげ」的な華麗さ、軽薄とみえるまでの奇想、パズル的な眩惑を生みだしているものは、現実への抵抗によって活力を与えられている充実した「孤心」にほかならないといえるだろう。

この部分は、源順《みなもとのしたごう》、曾禰好忠《そねのよしただ》という平安中期に活躍した歌人が交わした贈答歌が示す巧妙な技法の分析を受けて書かれている。程度の差はあれ、二人はともに優れた文学的な才能に引き換えて、役人としての世間的な地位は不遇だった。それが「無為の時」「痛覚」などの表現の意味であり、そうした現実の中でこそ真剣な遊びともいうべき「うたげ」と「孤心」の一致が生じたという鋭い読み解きだった。

連載完結と同時期の七四年、雑誌『俳句』九月号で大岡と丸谷は「唱和と即興」と題する対談を行っている。高浜虚子〔一八七四〜一九五九〕の連句に対する関心や、与謝野鉄幹〔一八七三〜一九三五〕・晶子〔一八七八〜一九四二〕をはじめとする歌人夫妻が作品を詠み交わす「唱和」といった話題を縦横に語り合いつつ、二人は近代の俳句・短歌が抱える問題を浮き彫りにした。特に大正期以降、短歌も俳句も生真面目に孤独を追求する態度が強くなったとし、この点を「文明全体の問題」として論じている。

これは『うたげと孤心』の同じ章に記された、次のような言葉と呼応する。

近代短歌の姿勢がきびしく一首独立の孤独な詠嘆に自己を限定し、求心的であり、自己確立という切実な、そしてロマンティックな要求に貫かれていた事実……それは、社会の急激な近代化にともなう個人の孤立の自覚、拠るべき根が喪われてゆくことへの不安の深まりと見合った現象であった。

それは「歴史の必然だった」とも大岡は書いたが、「個人の孤立」「不安の深まり」は今も決して過ぎ去った問題とはいえないし、文学において「孤独」や「自己確立」は主要なテーマであり続けている。しかし、大岡と丸谷は文学という営みに、それだけでは汲み尽くせない豊かな土壌があり得ることを、「唱和と即興」の強調によって示したのだ。

古典詩人への高い共感能力

大岡・丸谷・岡野による歌仙の会は、二〇〇九年に大岡が病に倒れて中断し、一一年初めに長谷川櫂が代わりに捌き手として入った。一二年に丸谷が亡くなった後は三浦雅士が加わり、岡野との三人を中心メンバーとして今も続いている。

丸谷・岡野・長谷川の顔ぶれでは五巻ほど作ったようだが、活字になったのは丸谷の没後、『図書』の一三年三月号に掲載された「ずたずたの心の巻」のみである。岡野・長谷川・三浦が中心の会では『歌仙　一滴の宇宙』『歌仙　永遠の一瞬』の二冊が刊行されている。

この間、一七年四月に大岡が没し、直後に巻かれた岡野・長谷川・三浦の三人の歌仙は「花見舟空に——大岡信を送る」と題された。長谷川の発句は「花見舟　空に浮べん吉野かな」。

奈良の吉野山は桜の名所である。空を海あるいは川に見立てる着想は初期の詩「方舟」などに既に現れた大岡作品の特徴で、それを踏まえている。空に水を、また水底に空を見る喩法は古くから詩歌に存在した。そして三浦が『歌仙　永遠の一瞬』の後書きで指摘した通り、大岡自身が『紀貫之』で「この逆倒的な視野の感覚」を「貫之という歌人のポエジーの、原型的イメジのひとつ」として強調していた。つまり、大岡は自らと同じ資質を貫之に見いだしたのだ。

のちの『折々のうた』にも共通するところだが、大岡の古典詩歌論は過去の作者たちとの時代を超えた、いわば詩人同士の共感に支えられていることで、現代の読者をおのずと古典に近づける。『うたげと孤心』でも藤原公任《ふじわらのきんとう》や後白河院、和泉式部といった平安から鎌倉初期の代表的な文人たちに、まるで乗り移ったかのような共感能力を発揮した。そのように評論においても「合す」原理を体現してみせたことは、大岡の作品が人々を説得し、揺り動かす鍵となった。

2　連詩の宇宙

『櫂』における試行錯誤

「連詩」という表現形式の創出を、大岡信の生涯の枢要な仕事に数えることには異論がない

あまり目立たない。この三編では「老いた頭蓋」から「かぶとを洗ふ」へ連想が働き、「川の波」を受けて「魚影の奔る」が詠まれたというつながりも明快である。『櫂』同人による初期の連詩で比較的「息が合って」流れよくできた例に、大岡自身が挙げたゆえんだろう（同前）。

『Renga』という先駆け

もう一つ忘れてならないのは、メキシコのノーベル賞受賞詩人、オクタビオ・パス〔一九一四〜九八〕が一九七一年、英・仏・イタリアの詩人と四人で四言語（パスはスペイン語）混合での共同詩『Renga（連歌）』を出版していたことだ。パスは外交官でもあり、戦後、東京駐在を経験し、五七年には日本の外交官、林屋永吉〔一九一九〜二〇一六、のちスペイン大使〕と共訳で『奥の細道』のスペイン語訳も出した日本文学通だった。

大岡も『連詩の愉しみ』の中で『Renga』を「連詩集」と呼び、「この領域における最初の、ある意味では衝撃的な評判を伴った試み」とたたえている。また、仏語版からパスのエッセーの興味深い部分を訳し、紹介している。一例を挙げる。

連歌は礼儀作法に匹敵するような厳格な規則にしばられてはいるものの、その目的は個人の自発性を抑えつけることではなく、反対に、各人の才能が、他人にも自分自身にも害を及ぼすことなく発揮されるような自由な空間を開くことにあった。

そして大岡は、こうしたパスの見方が「私自身の連句・連詩制作の体験に照らしても」うなずけると書いている。パスが「詩作における個性や独創性、自我中心主義を否定したシュルレアリスム運動の有力な詩人として活躍した」こと、『Renga』が「シュルレアリスム運動の創始者・指導者たる故アンドレ・ブルトンに捧げられている」ことにも注意を促した。これは大岡自身がシュールレアリスムに傾けた関心の強さを考え合わせると面白い。

『櫂』で連詩を六回制作した段階の七四年、同時並行していた連句を含めて、自らの経験の独特さについて彼は次のように書いた。


相手に「合わせる」ことに心をとぎ澄ますとき、その「合わせ方」の中に、最も純粋な形で、その人の持っている個性がにじみ出るのである。たった一人密室の中で作ったものを読むときよりも、ある意味では露骨なほどに、その人の個性や好みが出る。個性や好みが出ながら、しかも互いに最大限に合わせていることもたしかなのである。……

[『櫂』同人は]二十年近い仲間付合いだが、連詩の集りを重ねてみて、互いの詩心の核にひそむ頑固な個性、瞬時に露見する心の動きをまのあたりにして、じつに多くのことを新しく発見する。（前掲『連詩の愉しみ』）

第一章でも触れたが、そもそも『櫂』の連詩は、大岡から連句の面白さを聞いた谷川俊太郎ら同人に促され、つまり大岡としては受け身の形で始まった。とはいえ、やがて彼は他の誰にもまねできない持続力、展開力を発揮していく。この点が「連詩の大岡」の定評を形作ったことは多くの人が認めるところだ。例えば、中村稔も私に「海外まで行って外国の詩人たちと連詩を試みた。そういうふうに人を誘い、広げていく力を大岡さんは持っていました」と、並外れた組織力を指摘した。

事実、大岡が手がけた四〇巻を超える連詩のうち、半分は海外の詩人とともに作ったものだった。言語の壁を越える驚くべき力業だが、それは、どのように行われたのか。

偶然のように始まった英語連詩

一九八一年一一月中旬のある夜、米ミシガン州のコマース湖岸にある詩人、トマス・フィッツシモンズ［一九二六生］の家で夕食後、大岡信はフィッツシモンズ夫妻と歓談していた。大岡は五〇歳。同州立オークランド大学客員教授として、九月からその地に滞在していた。

フィッツシモンズは大岡より五歳年長の同大学教授で、日本現代詩の英訳アンソロジーを出版するなど日本文学に通じていた。翌年に刊行された大岡の英訳選詩集『秋をたたむ紐』の翻訳にも関わった。妻の画家カレン〔一九四五生〕も日本で墨絵を学んだことがあるという。

大岡はその場で、歌合や連歌、連句など「日本の詩の歴史の幹線をなしていると思われる共同制作詩の伝統の重要性について強調して話した」（日英対訳版『連詩　揺れる鏡の夜明け』所収の大岡「制作ノート」、以下同じ）。三人で語り合ううち、フィッツシモンズがあるアイデアを思いついた。『秋をたたむ紐』の表題作の短詩に、彼が一つ詩を付けてみることだ。大岡の短詩の原作は次の通り。

沈め。
詠ふな。
ただ黙して
秋景色をたたむ紐と
なれ。

英訳では最後の一行が「autumn（秋）」になる。フィッツシモンズは「この詩の終りの秋という言葉を俺の詩の題にしたらどうだろう」と言った。折しも、その家の庭前に広がる「湖上には鴨や白鳥や雁が舞い、対岸の森は緑や紅や黄の最後の彩りも果てたあとの、静かなたたずまいを見せていた」。フィッツシモンズの二番目の詩「秋」はこうだ（大岡による日本語訳）。

樹々は骨まで裸かになる、
色は風にくれてやった。
裸かの骨が天の着物に向き合って
呼びおろす、ふかあくながい
しろおくながい唄のむれ――

雪。

静寂。

こうして偶然のように、日米の詩人二人による英語の連詩は始まった。もともと連詩に統一的ルールはなく、この時は「それぞれの詩の題名を、その前にある詩の最後の言葉によって起こしてゆくというやり方」で、一二月までかけて計二〇編を連ねて完成した。

深刻な主題を軽快なスタイルで

とりわけ、大岡による三番目の詩「静寂」が、フィッツシモンズを驚かせ、また連詩の面白さに目覚めさせた。


　パンケーキは焼けた。

気球はまだ来ない。

最後のコーヒーするひまはある。

暗号帳はみな始末した。

「パンケーキもう一つとんなよ」

「もう手紙がくることもないんだな」

「きみがクルミをかじる音、
聞く人間もおれが最後つてわけか、
このけちな壕の中で」

気球はまだ見えない。
どこの地平にも。

大岡は「一番、二番の協調的なトーンをいったん断ち切るべく、題材においても調子においてもがらりと変ったものでなければならなかった」「このサイエンス・フィクションまがいの詩は、道具だてがありきたりでありすぎるかもしれないと思ったが、一番、二番の詩の調子がそのまま続いた場合にあり得たであろう一種のよそよそしい挨拶調をぶちこわすには有効だった」と書いている。

これは連句の発想そのものだ。

この詩を電話で読み上げた大岡に対し、フィッツシモンズは「一瞬絶句し、それから嘆息と笑いを洩らした」という。

フィッツシモンズ自身は『揺れる鏡の夜明け』に寄せたエッセー「連詩の経験」に、次のように記した。「三番目の詩は最初の二番からがらりと離れて、新たな事柄を述べている。言及は深刻であるとともにスタイルは軽快なこの「静寂」という作品で、大岡は、パンケーキと、気球と、核爆弾による世界の終末とをひとつに混ぜ合わせている」(訳は版元の筑摩書房編集部)。

深刻な主題を軽快なスタイルで――これは大岡の文学的流儀の本質をついた言葉でもある。

東西冷戦下の一九八一年、米国のレーガン政権は核戦力の増強に乗り出し、欧州各国で西ドイツへの中距離核ミサイル配備に反対する運動が広がっていた。一方、七九年末のソ連によるアフガニスタン侵攻に反発して、日本を含む西側諸国は八〇年のモスクワ五輪をボイコットした。ポーランドで高まる民主化運動に対し、八一年一二月には戒厳令下で当局の弾圧が加えられた。核戦争の危機は必ずしも非現実的な話ではなかった。

国と言語を超えた展開

異言語間の共同制作により大岡の詩作に生じた創造的変換の過程は、前掲「制作ノート」に生き生きとつづられている。その意義を記した、「人は他者との接触を通じて、深く自分に接触する」という印象的な言葉もある。

国と言語を超えた連詩は、さらに展開する。一九八四年、ドイツのベルリン自由大学で日本文学を教える福沢啓臣《ひろおみ》〔一九四三生〕が大岡のもとへ、翌年六月に西ベルリンで開かれる第三回世界文化祭の「ホリツォンテ(地平線)85」という催しの際、日独各二人の詩人による詩の共同制作を行いたいとのプランを持ちかけてきた。福沢や、制作中に独和・和独の翻訳に当たったスイスのチューリヒ大学日本学科講師、エドゥアルト・クロッペンシュタイン〔一九三八生〕らは、『櫂』同人との連詩、大岡とフィッツシモンズの英語による連詩について知っていた。日本からはもう一人、川崎洋が参加することになった。

「ヴァンゼー連詩」に参加した大岡信(手前)ら(西ベルリン郊外のヴァンゼー湖畔で，1985 年 6 月)

西ベルリンの西南端に位置するヴァンゼー湖畔「文学者の家」で制作された連詩、および直後に川崎とともに参加したオランダのロッテルダム詩祭で、六言語計八人の詩人で作った連詩の経緯を、大岡は『ヨーロッパで連詩を巻く』につづった。

この本には、宿泊したホテル前の広い道路を「米軍の戦車が二十台くらい完全武装の威容を誇示してベルリンの壁の方角へ向かって示威行進してゆく姿」も記している。また、ロッテルダム詩祭が一五回を数えた記念に刊行されたアンソロジー(八四年)の収録詩人(大岡自身も含まれる)に触れて、韓国の金芝河《キムジハ》〔一九四一生〕らの名を挙げ、同詩祭が「右であると左であるとを問わず、政治体制によって自由を奪われ」た詩人への支援を訴えてきた意思の表れとして紹介した。

ただ、こうした記述はあくまで背景として触れられたもので、本の全体から伝わってくるのは、国際連詩の「きっかけはいつも突然やってきた」こと、「毎回毎回、出会う詩人たちは違う国の、違う言葉の、違うタイプの詩人たちで、作業もおのずと違う経過をたどった」ことだ。開拓者ならではの驚きと発見に満ちた高揚感が基本的なトーンであり、そうした出会いを受け止め、楽しむ大岡の精力的で闊達な姿は印象深い。

ドイツでの連詩作品は日本語版が『ヴァンゼー連詩』として刊行され、八七年に西ベルリンで大岡と谷川俊太郎がドイツの二詩人と巻いた連詩も『ファザーネン通りの縄ばしご』の題で出版された(本章扉写真参照)。その後もフランスやフィンランド、米ハワイなど世界各地でさまざまな言語の詩人たちと共作を続けた。

分かれる評価、難解さと可能性

目覚ましい「連詩の国際化」だが、この集団制作については日本でも全ての詩人がもろ手を挙げて歓迎したわけではない。むしろ冷ややかに見る人も少なくなかった。「他人が見ている前で詩を作る」という「近代以降の詩作の一般的なあり方である密室の孤独な力わざとは、ずいぶん異質な要素」（前掲『連詩の愉しみ』）を持つためでもあった。また完成し、発表された連詩を鑑賞しようとする読者にとって、ある詩から次の詩へのつながりが決して分かりやすい、読みやすいものばかりではないという「作品」としての難解さもある。

こうした中で、初期から連詩に共感してきた一人が前述の野村喜和夫である。私の取材に「現代詩という、伝統芸能ではない日本文化、日本文学が海外に出て行き、海外の詩人たちと共同制作するというのは画期的だし、刺激的でもありました」と野村は話した。『揺れる鏡の夜明け』や『ヴァンゼー連詩』は「スリリングに詩人同士が渡り合っていて、見事な成果を上げた」と評価する。のちに野村は、後述の「しずおか連詩」を大岡から受け継ぐことになる。

谷川俊太郎のように、即興的なライブ制作としての連詩の面白さに注目する詩人ももちろんいる。「連詩は、詩と詩の間に思わぬ動きが生じる「流動する作品」です。何よりも他からの刺激で自分が変わっていくのが面白い。できた作品を人々の前で音読し、少し説明を加えると、聴衆にも伝わります」。体験を通して谷川はそう私に語った。「一編の完成作品として見ると自分では不満が残りますが、連詩というコラボレーションは可能性を秘めている。だから、僕は友人と二人で聴衆を前にしてその場で作る「ライブ対詩《たいし》」というイベントを続けています」

『春　少女に』における達成

連句・連詩の経験は、大岡の詩にどのような影響を与えたか。詩集『春　少女に』(一九七八年)を見よう。

丘のうなじがまるで光つたやうではないか
灌木の葉がいつせいにひるがへつたにすぎないのに

こひびとよ　きみの眼はかたつてゐた
あめつちのはじめ　非有だけがあつた日のふかいへこみを

巻頭に収められた詩「丘のうなじ」(初出は雑誌『文芸展望』一二号、一九七六年一月)冒頭二連である。詩集には「深瀬サキに」と献辞がある。妻かね子の劇作家としての筆名であり、この詩の「こひびと」も夫人を指す。

全二二編の『春 少女に』は一連二行の形式の作品を多く含み、またかなりの詩編が過去の回想を交えた恋愛詩と呼んでいいものだ。詩壇でも高く評価され、一九七九年に詩誌『無限』(五九～八三年)主催の無限賞を受賞する。『記憶と現在』と並ぶ代表詩集とも目されている。

前に述べたように、かね子との恋愛は若き日の大岡に詩人としての転機をもたらし、跳躍台ともなった。では、それから二〇年以上たったのち、夫人に捧げられた詩編はどんな特徴を示し、いかなる意味を持ったか。七七年の時点で大岡はこう語っていた。

連句をやっているうちに、僕自身の詩に大きな影響が出てきました。それは、明確な手触りのあるイメージが出てこないような行は書けなくなってしまったということ。同時に各行の間に大きな断絶と飛躍がある詩でないと自分で満足できなくなっちゃったんですね。これは僕にとって、結局のところは非常にいい影響だったと思います。(著作集第三巻、巻末談話)

翌七八年の『現代詩手帖』四月号に掲載された文芸評論家の寺田透〔一九一五～九五〕、吉本隆明との座談会「詩歌への感応」でも、「連句をやって……とくに一行から次の一行へ移る時に、その飛躍のしかた、断絶のしかた、断絶の中でのつながりの見つけかたということについて、いままであまり経験しなかったようなある種の関心のもちかたが新しく生まれた」と同じ趣旨のことを述べている(『詩歌の読み方』)。

「丘のうなじ」では、リフレインされる引用後半二行、特に「非有」という語が注意を引く。仏教用語で「ひう」または「ひゆう」と読むが、「あめつちのはじめ」にあった非有とは東西の創世神話に見られるごとく、実体があるともないとも言えぬもの、宇宙ないし生命の始源だ。そのような混沌の内に「へこみ」を見ていたというのが面白いが、したがって「きみ」は詩人にとり、悠久の時を超えて現れた運命の人にほかならない。宇宙大の時空間、あるいは時空を超えて広がり波打つ生命感は、大岡詩に一貫した特質だった。

安田侃《天泉》の前で妻・深瀬サキと(1994年,英・ヨークシャースカルプチャーパークで)

「感応」の試みを経た唱和

ただし、連句の影響は、その前の詩集『悲歌と祝禱』に、より明確にある。加藤楸邨の句を詩の中にそのまま取り込んだ「和唱達谷先生五句」(達谷は楸邨の別号)や、藤原俊成の歌に現代語訳的な詩を合わせた「とこしへの秋のうた」などが典型だ。一九の小詩からなる「とこしへの秋のうた」から、俊成の「石をうつ光のうちによそふなるこの身のほどを何歎くらむ」に付けた詩「石うつ光」を引こう。

火打石の光のやうに無常迅速
宇宙一瞬の夢のわたし
なにを歎くことがあらう
いのちは石をうつ光のなか

こうした定型律との「感応」の試みを重ねたうえで、大岡の尽きせぬ詩想の源泉である妻との愛に立ち戻ったのが『春 少女に』だったといえるだろう。この詩集刊行の直前に書いた文章に彼は次のように書いている。

私はこの詩[「丘のうなじ」]が書けたとき、最初の詩集『記憶と現在』の世界から二十年を経て、自分が再び、いわば螺旋状の回転運動をしながら、この第一詩集の世界と共通の軌道へ乗入れようとしていることを感じたのである。

もちろん、昔の詩と今の詩では、姿も中味もずいぶん違う。しかし、ある種の光、ある種の涙、ある種の憤り、ある種の昂揚において共通の雰囲気が、私を包みにやってきたのが感じられた。(「はしがき「丘のうなじ」」、『現代詩手帖』一九七八年一〇月号)

初期の詩編と異なるのは、「こひびと」が自らも戯曲を創作する表現者となっていたことで、歳月の経過も重なって、一方的な呼びかけの対象ではない、他者としての女性の姿がくっきりと立ち上がる。それは親密な他者である。「丘のうなじ」には「男は女をしばし掩ふ天体として塔となり/女は男をしばし掩ふ天体として塔となる」の一連もある。

「しずおか連詩」と「宇宙連詩」

海外で連詩を重ねた後、大岡は出身地の静岡県で一九九九年から「しずおか連詩」を始める。年一回、しばしば海外から詩人を招き、日本の詩人と計五人ほどで制作を行った。

前述の通り、病に倒れた大岡に代わって二〇〇九年から捌き手を務めてきた野村喜和夫によると、五行と三行の詩を交互に作る形式の「しずおか連詩」は「より連句に近い」という。「五七五、七七を連ねるのとほぼパラレルで、これによって全体のリズムができてきます」と、その「定型」の意味を私に語った。

連詩はさらなる展開を見せた。大岡は〇三年からの「宇宙連詩」プロジェクトに、捌き手・監修者として関わった。宇宙開発事業団(現・宇宙航空研究開発機構)が、国際宇宙ステーションの日本実験棟「きぼう」と一般社会をつなぐものとして構想した事業だ。

「宇宙連詩」シンポジウムで語る毛利衛(右から2人目)と大岡信(左から2人目)ら(東京・大手町で2006年10月10日，撮影＝手塚さや香，© 毎日新聞社)

最初の宇宙連詩「地球の生命」では、第一詩を宇宙飛行士の毛利衛《まもる》［一九四八生］が書き、大岡と新藤涼子［一九三二生］の詩人二人以外は、事業に賛同した三〇〇人の作品から選んだ詩を連ね、計二〇編で完成した。その後、〇六〜〇九年の間、海外を含む詩人らの寄稿と一般公募の詩をインターネット上で、日本語と英語を使用して編纂する形で三つの宇宙連詩が作られた。計四編のうち三編を収めた単行本『宇宙連詩』も出た。中でも〇七～〇八年の「星があるの巻」には、中国やインド、ルーマニア、オーストラリア、ウズベキスタンなど多くの海外の詩人が作品を寄せ、米国などからの応募作も選ばれた。

大岡の監修のもと宇宙連詩でも捌き手を務めた野村は、連詩で肝要なのは「他者の言葉が自分の中に入ってくること」だと話す。「創作は自分の内側から湧き出てくるものと考えられていますが、連詩では脇から他者が持ってくる言葉を、とりあえず受け止める。そこから、自分一人では発想できなかった言葉が、一種の化学反応みたいに出てきます」

これに対し、『櫂』の仲間で、何度も一緒に連詩を巻いた中江俊夫は「連詩は作品としてはまだまだ発展途上でした。残念ながら大岡は道半ばで倒れた」と見る。「芭蕉の連句の素晴らしさに比べると、僕らの連詩には現代詩として冴えたところが全くない。何か具体的な作法も欲しい。世界の詩人たちと一緒の連詩となると、出席しかねた。志は高いが、難しかったと思います」

三浦雅士も「大岡さんは方向性を示したけれども、完全な達成には至らず途中で倒れてしまった」と語る。方向性とは「人間同士のつながりこそが社会の根底であり、詩の喜びもそこに根差している。人間の自己実現を詩で表現しようとすれば、連句や連詩になる」との確信だという。連詩が言語の枠を超え、グローバルに展開したことの文明論的な理由だろう。「道半ば」の意味については終章でさらに考えたい。

他者との接触という「対症療法」

大岡は晩年の「旅する連詩」という文章で述べていた。

「連詩」は、いやおうなしに、自分と他の詩人たちとの接触をうながす。これは、一人よがりの詩では、大人の世界では通用しないということを意味する。私が連詩に見出す最大の意味もそこにある。現代詩は袋小路に入ってしまったと、当の詩人たち自身が感じ始めて、ずいぶん年月がたってしまった。それは口語自由詩がその〝自由〟に甘えすぎたゆえに招き寄せることになった、ひとつの結果にほかならない。（前掲『宇宙連詩』）

そして、連詩は「一人よがりの語り口に対する対症療法」になり得るかもしれないと付け加えた。では、なぜ他者との接触がそのような可能性を開くといえるのだろうか。

ここで私が想起するのは、米国の古典学者・哲学者、ウォルター・J・オング［一九一二～二〇〇三］が『声の文化と文字の文化』（桜井直文ほか訳。原著八二年、邦訳九一年）で論じた「声の文化」、すなわち人類がまだ文字を持たず「書くことの知識をまったくもたない」段階における思考や表現のことだ。オングは、それが「〔つねに〕人とのコミュニケーションと結びついていた」として、次のように述べていた。

声の文化にもとづく思考は、それが長くつづくときには、定型詩でない場合でも、非常にリズミカルになる傾向がある。というのも、リズムは、生理学的にみても、なにかを思い出すのをたすけるからである。……きまり文句は、リズミカルに話すのをたすけるとともに、あらゆる人びとの耳と口をかいして流通する慣用表現 set expression として、それ自体記憶のたすけとなる。（「第三章 声の文化の心理的力学」）

オングはこのことを主に古代ギリシャのホメロスの詩などの分析をもとに考えたのだが、リズムや慣用表現への言及は日本の七五調や枕詞、縁語（意味上関連する複数の語を連想的に用いる修辞法）その他の和歌の語法を直ちに連想させる。それらに関する知識が、男女の相聞をはじめとする「人とのコミュニケーション」において、適切なことばをやり取りするために不可欠な「記憶のたすけ」となったことは、大岡が繰り返し論じたことでもある。

より重要なのは、オングの本が「文字の文化」の浸透によって失われた「声の文化」の豊かさ、あるいは「書くこと」や印刷が始まった後も続く「声の文化」の根強さ、また「文字の文化」との相互作用について多角的に検証していたことだ。中でも、こういう記述には興味を抱かないわけにいかない。

〔口頭で語られる〕物語 narrative の創造性は、新しい話しのすじを考え出すことにあるのではない。そうではなく、ほかならぬこのとき、この聴衆と、ある特別の交流をつくりだすということにこそ、それはある。……なぜなら、声の文化では、物語は、聴衆に受けなければならないし、しばしば熱狂的に受けなければならないからである。（同前）

一次的な声の文化〔ラジオやテレビなどの「二次的な声の文化」と対照した表現……引用者〕がはぐくむ性格構造は、文字に慣れた人びとのあいだでふつうに見られる性格構造と比べると、ある意味でいっそう共有的〔集団的〕であり、外面的であって、内省的な面が少ない。口頭でのコミュニケーションは、人びとを結びつけて集団にする。〔それに対し〕読み書きするということは、こころをそれ自身に投げかえす孤独な営みである。（同前）

前者の引用は連句・連詩の即興性を思わせるし、後者のほうは「声の文化」を連詩に、「文字の文化」を〔通常の〕現代詩に見立てればほとんど大岡の論に似ている。

むろん、こうした類比はやや単純にすぎるだろう。大岡は創作者にとっての「孤心」の重要性を強調することも忘れなかったからである。ただ、『うたげと孤心』の後半三章で彼が平安末期の歌謡集『梁塵秘抄』をあれほど熱心に論じたこと、そこに集められ、一部が現代にまで伝えられた今様歌謡とは元来「口伝」によって師弟の間で相承された、まさに「声の文化」の芸能であり、それが初めて記録され「文字の文化」に移し替えられた場面を語るのが他ならぬ『梁塵秘抄』であり、『梁塵秘抄口伝集』(とりわけ後白河院の「今様自伝」たる巻第十)であることを考え合わせると、大岡という人は連句・連詩によって、あまりに「孤独な営み」に陥った現代詩に、「声の文化」の原初的にして「集団的」なパワーを、無意識にもせよ招来しようとしたのではないかと思われてくる。

『うたげと孤心』最終章の「狂言綺語と信仰」に、後白河が「折に合ふ」ことを重んじたエピソードとして、賀茂神社で古歌の一句を見事に謡い変えた従者を褒めた話が『口伝集』巻十から引かれている。大岡は書いている。

今様歌謡を神前あるいは禁裏で謡うとき、謡い手はそれを聖なるものに奉納しているのであり、たとえ古歌であろうとも、それをたった今作られた、この場に即したものとして奉納することこそ、賀の心を尽すしわざにほかならなかったのである。だから、歌の文句を変更することには、重要な意義があった。そこには、歌を土地の霊に捧げた古代的心性の生き生きした伝統があったのだ。

続けて彼は「本歌取り」や「挨拶」「即興」が、文芸一般、芸能一般において本質的な意味を持つことを指摘していた。他者との接触を促す連詩が、現代詩の「一人よがりの語り口に対する対症療法」になり得ると述べたのも、これと別のこととは思われない。

「読者との深刻な隔絶」(前掲『連詩の愉しみ』)に陥った現代詩の「袋小路」は今も問われ続けている。この「隔絶」は直接的には、第二章第二節で触れた一九六〇〜七〇年代の実験的な方法の探究により詩が難解なものとなった結果として生じた。しかし、それは本章第一節で述べたような短歌・俳句に典型的に見られた近代文学における「孤独」追求の姿勢の延長上に、さらにいえば「声の文化」から「文字の文化」への転換の延長上に、大岡の指摘したように、ほとんど「歴史の必然」として帰結したものと思われる。

その「隔絶」のさまを、具体的な現代詩の作品によって例示するのは難しい。どのような部分を引用しても恣意的な断片の切り取りにならざるを得ず、また、細部は普通に意味の通る記述であっても全体としてみれば全く首尾一貫性を欠いた作品――その首尾一貫性の欠如そのものによって何事かを表現しようとする作品――もある。逆に、細部の行と行とのつながりは理解不能ながら詩編全体としては明確なイメージやメッセージを発する作品なら、もっと多く見つけることができるだろう。

いずれにせよ、ここでは間接的な説明にとどまるが、二〇二〇年に五〇回をもって終了した高見順賞の選考委員を、大岡は第一回から二度の降板を挟んで最多の計一七回務めた。五〇回の選評などを集めた『高見順賞五十年の記録 一九七一―二〇二〇』(非売品)を見ると、その最後となった第三三回(二〇〇三年)の選評で彼は受賞作(藤井貞和『ことばのつえ、ことばのつえ』)について、こう述べていた。五人による選考で、どうやら彼は反対意見であったらしい。

[受賞作の]言葉の処理の実験性が高く評価されたと言っていいが、私には、作品の中での語の連関が作者以外の人の了解を気安く無視しているらしい点や、一篇一篇の詩を読んでゆく際の〝関節離脱的な見通しの不明瞭さ〟が、たえず気になり、この〝実験性〟を若い詩人たちが喜び迎えるようになったらどうなることかと、余計な心配までした。

ここでいう「作者以外の人の了解」の困難がむしろ「実験性」として評価されること自体が、現代詩の「袋小路」の一つの象徴的現象であり、大岡の危惧するものだったといえよう。

そして、そうした状況への「対症療法」として大岡が放ったもう一本の矢があった。「折々のうた」という画期的なアンソロジーである。

第5章
詞華集の富と焦燥
『折々のうた』,『詩人・菅原道真』,田村隆一追悼詩

『へるめす』創刊号より

1　折々のうた

初めは最終面の小説の横

大岡信が執筆したコラム「折々のうた」は、「朝日新聞」に一九七九(昭和五四)年一月二五日から二〇〇七(平成一九)年三月三一日まで掲載された。古今の短歌、俳句、また詩や歌謡の一節を掲げ、その鑑賞を一八〇字の短文でつづるという前例のない企画だった。何度かの休載期間を挟みながらも、足かけ二九年にわたり休刊日を除く毎日続き、計六七六二回に及んだ(『新折々のうた9』の「あとがき」)。あの『万葉集』でさえ、収載された短歌・長歌は四五〇〇首余りで、それをはるかに上回る。

「折々のうた」といえば朝刊一面のイメージだが、スタート時は最終面に載っていた。地域によっては夕刊掲載のところもあったが、やはり一面ではなかった(『朝日新聞社史　昭和戦後編』)。一九七九年一月二五日は同紙の創刊一〇〇周年に当たり、同日朝刊から曽野綾子「一九三一生」の連載小説『神の汚れた手』が始まる。「折々のうた」はその左横の小さなスペースに置かれた。大岡が四八歳になる直前のこと。のちに「現代の万葉集」とも「現代の勅撰和歌集」

とも呼ばれる大アンソロジーの出発はささやかだった。

第一回に取り上げられたのは彫刻家・詩人、高村光太郎の短歌である。

海にして太古の民のおどろきをわれふたたびす大空のもと

これを解説する大岡の文章の一部を引く。

この歌は美校生だった彼が、明治三十九年二月、彫刻修業のため渡米したとき、船中で作ったもの。……高村青年は緊張もしていただろう。不安と希望に胸を騒がせてもいただろう。けれど歌は悠揚のおもむきをたたえ、愛誦に堪える。

美校は東京美術学校（現・東京芸術大学）。詩集『道程』『智恵子抄』の詩人の、わざわざ若き日の「短歌」を初回に持ってきたところに並々ならぬ意欲がうかがえる。実際、翌日に江戸中期の俳人、加舎白雄《かやしらお》の俳句を出したのに続き、上田秋成（江戸中期の文人）の短歌、白居易（唐代の詩人）の漢詩、沙弥満誓《さみまんせい》（万葉歌人）の短歌、宮柊二（現代歌人）の短歌と続く。時代もジャンルも実に多様である。

当時、同紙東京本社編集局長だった中江利忠は、最終面の扱いを「もったいない」と考え、三カ月余りたった五月一八日から一面に場所を移した。テレビ・ラジオ番組欄を最終面に載せる「紙面改革」（前掲『朝日新聞社史　昭和戦後編』）に伴うものだが、コラム「天声人語」横という目立つ位置を得たのは大きかった。

全国紙の一面に常設された、詩歌作品を紹介する欄の存在は話題を呼び、翌八〇年には「歴史の流れに立って詩歌のこころと魅力を広く読者に植えつけた」（日本文学振興会ウェブサイト）として早くも菊池寛賞を受賞する。また、大岡の希望で、一年分を加筆・修正してまとめ、岩波新書で刊行する形を取ったことも読者を広げた。この新書シリーズも総索引を含め計二一冊に上った（二〇一九〜二〇年にアンソロジー『大岡信『折々のうた』選』全五巻が刊行）。

詩歌の喜びと驚きを示す

ところで「折々のうた」スタートは私が高校二年、一面に移ったのは三年の時だった。家で同紙を購読していた少年が存在を意識したのは、やはり一面に移ってからのこと。既に国語教科書でなじんだ名歌・名句もあったが、未知の作品、作者を知る楽しみが大きかった。とりわけ、詩に関心を持つ者にとって、わずか二行の引用にもかかわらず近現代詩の魅力が十全に表現されているのに目を見張った。

例えば、宮沢賢治〔一八九六〜一九三三〕の詩「高原」（詩集『春と修羅』所収）。

海だべがど　おら　おもたれば
やつぱり光る山だたぢやい

こう記す。

大岡の文は、詩が「ホウ／髪毛《かみけ》　風吹けば／鹿《しし》踊りだぢやい」と続くことを紹介したうえで、

詩全体は、海かなと思ったが、やっぱり光る山だったぞ、風が吹けば、鹿踊りにかぶる面の髪みたいに、髪が踊るぞ、という意味だろう。作者賢治が所蔵して書き入れをしていた『春と修羅』では、この詩の上に斜線が引いてあるそうだが、作者の意思いかんとは別に、この方言詩は生きている。（『折々のうた』）

賢治の詩そのもののリズム感とともに、凝縮された解説文から読者は「生きている」詩の脈動を感じ取ることができる。そのようにして自然、朝刊を手にすると最初にこのコラムへ目がいくようになった。同様に「折々のうた」を窓として詩の世界の豊かさを見た人々は多くいただろう。

一九七四年生まれの詩人、蜂飼耳《はちかいみみ》に聞くと、彼女は小学生の頃、既に新聞の一面にあったこ

の欄に、ごく自然になじんでいたという。「「折々のうた」は、ジャンルの垣根を取り払い、時代や言語を超えて詩歌の「喜び」と「驚き」が併存することを可能にした方法そのものでした」。確かに、漢詩だけでなく欧米その他の翻訳詩も大岡は取り上げていた。のちには日本の植民地統治時代に日本語教育を受けた台湾の人々による短歌のアンソロジー『台湾万葉集』(孤《こ》蓬万里《ほうばんり》編著)から多数を紹介して話題を呼び、日本で復刻刊行されたこともあった。

シリーズ最初の巻の「あとがき」には、出発時点の思いが次のようにつづられた。

私が企てているのは「日本詩歌の常識」づくり。和歌も漢詩も、歌謡も俳諧も、今日の詩歌も、ひっくるめてわれわれの詩、万人に開かれた言葉の宝庫。この常識を、わけても若い人々に語りたい。……

日本の詩の歴史を、短歌、俳句、近代以降の詩という三つの分野について見るだけで足りとしがちな世の「常識」を、私は大いに疑問とする。

要するに、日本の詩歌を知るうえでの「新しい常識」づくりが、新聞コラムを借りたアンソロジーを編むうえでの大岡の願いだった。それが三〇年近くも続き、後の世代の詩人から一般の読者までをひき付けたのは、彼が「硬直しない感受性の持ち主」で「言葉と詩の関係を、先入観なく根本から考えることのできる人」(蜂飼)だったためだろう。

現代の勅撰和歌集

ついに連載が終わった時、丸谷才一は「毎日新聞」に、新書シリーズ全巻を対象とする書評を寄せた。「あのコラムの成功……は、大岡の詩人＝批評家としての力量と現代日本人の詩への愛との、確実な証拠となるものだった」と述べたうえで、和歌の勅撰集になぞらえてこう論じた。「共同体が詞華集によって詩情を教える風習は、明治維新によって残念ながら断絶された。大岡信の「折々のうた」は……長きにわたるわが短詩形文学の富を誇っている。さらには歌学（詩の批評）の伝統をも」（二〇〇七年一二月二日朝刊）

詞華集はアンソロジーのこと。これは、大岡と特別に親しかった人の言としても、褒めすぎというわけではない。例えば、言語学者の金田一秀穂［一九五三生］は「奥深い日本語」をテーマに執筆した同紙書評欄のコラム「この3冊」で、『折々のうた』を三冊のうちの一つに挙げ、やはり『万葉集』以来の詞華集に触れて書いている。

［詞華集の］編者には、古今の詩歌に通じ、しかも不偏不党の公正さが求められる。現代の日本で、大伴家持や紀貫之に最も近いのは大岡信である。その読み込みの鋭さ、深さに加えて、それを表現する美しい日本語の使い手でもある。解説文が、また別の一つの作品に

まで高められているのを読者は目撃できるだろう。(二〇一四年六月一五日朝刊)

家持は『万葉集』の編纂に関わったとされ、貫之は『古今和歌集』の撰者の一人だ。メディア史的にも、この「成功」は新聞界に広く影響を与え、「折々のうた」にヒントを得た欄が各紙に次々と登場した。

「折々のうた」が定評を得たことは、文芸界、文化界における大岡の存在感を変えた。詩壇では既に確かな位置を占めていたが、一九八〇年代以降、彼は現代日本を代表する「文化人」の一人と目されるようになっていく。国語教科書に詩やエッセーが定番のように掲載され、全国各地から講演や校歌作詞の依頼が相次ぐ。海外に招かれる機会も増えた。

大岡という人は、そうして次々と自分に与えられた役割に、あまり気難しくなく応えたように見える。断る場合もあっただろうが、年譜を眺めると殊に八〇~九〇年代の仕事量は超人的だ。多忙な中で「折々のうた」の連載執筆を営々と続ける様子を、度々ともに海外へ出かけた谷川俊太郎は目にしていた。

「一緒にヨーロッパなどへ連詩を巻きに行った時、彼がホテルで朝、部屋から下りてきて、原稿をファクスで何枚も送っていた現場を僕は見ている。いかに大変な仕事かが身にしみて分かった。あれは画期的でした。世界的にも、一般の新聞の一面に毎日詩が載る例はなかったから、外国の人も驚いたようです」と私の取材に証言した。

ジャンル横断的な雑誌『へるめす』

この時期に大岡が関わった中で文化史的に重要なものに、一九八四年一二月創刊の季刊誌『へるめす』(八九年の一九号から隔月刊)がある。大岡と建築家の磯崎新《あらた》[一九三一生]、作家の大江健三郎、作曲家の武満徹、哲学者の中村雄二郎[一九二五～二〇一七]、文化人類学者の山口昌男[一九三一～二〇一三]の計六人が編集同人。都会的な新感覚の文化雑誌の出現は話題を集めた(九四年の五一号から同人制を解き、九七年終刊)。

発刊の背景には、七〇年代後半から岩波書店の総合誌『世界』の音頭取りで開かれていたジャンル横断的な文化人の会合「例の会」がある。そのメンバーを編集委員に「日本を代表する芸術家と学者の協同作業」として企画した「叢書・文化の現在」(全一三冊、八〇～八二年)の刊行が直接の機縁となったという(大塚信一『理想の出版を求めて』)。

大岡は創刊号から、「組詩」と銘打つ「ぬばたまの夜、天の掃除器せまってくる」の連載を始めた(詩集『ぬばたまの夜、天の掃除器せまってくる』として刊行)。同号に社会学者の上野千鶴子[一九四八生]が「ジェンダーの文化人類学」、美術評論家の伊藤俊治[一九五三生]が「鏡のなかのイコン」を書いたように、同人以外の若い執筆者も登場している。ただし当時、地方出身の貧しい学生だった私の場合、値段の高さとやや高尚なイメージに気後れして手を出せなかった記憶がある。

今見ると、ポストモダンの思想が席巻した時代の中では、必ずしも「最先端」の雑誌と見なされなかったかもしれない。というよりも八〇年代は、おそらく文化のあり方そのものが大きく変わりつつある時期だった。その頃の若者にとって、必要な「文化情報」が得られる雑誌とは例えば『ポパイ』であり『アンアン』であり、『ぴあ』であり『ビッグコミックスピリッツ』だったからだ。のちにサブカルチャーの制覇とも位置づけられることになる現象だが、もっとも、私の経済水準ではそうしたお手軽な雑誌さえ頻繁には購入できず、友達が入手したのを借りたり、喫茶店に置いてある古い号を読んだりした。どうしても欲しくなり食費を節約して、たまさか買うのは文芸誌や『ユリイカ』、『現代詩手帖』にほぼ限られていた。それでも同世代の平均的学生の中で私は、まだ知的関心がある(古風な教養主義的)部類だったように思われるのだ。

だから、創刊当時の一般学生にとって『へるめす』は、ある意味で戦後間もなく創刊された『世界』の初期に似ていたかもしれない。知られるように、『世界』の中心的な書き手は当初、安倍能成《よししげ》〔一八八三〜一九六六〕や津田左右吉《そうきち》〔一八七三〜一九六一〕といったオールドリベラリスト（戦前以来の自由主義者）だった。しかし間もなく丸山眞男〔一九一四〜九六〕を代表とする、より若い世代の進歩的知識人に取って代わられる。『へるめす』の場合、六人の同人はかなり長続きしたわけだが、次節でも述べる八〇年代の文化状況下ではやや「オールド」に見えたのではなかったか。

社会的なものを扱う「方法」

面白いのは『へるめす』が「創刊記念別巻」といったスピンオフ的な雑誌を何冊か出したことである。うち「創刊二周年記念別巻」（八七年）には、同人六人がそろい踏みしたシンポジウム「世界把握の新しいモデルをつくる」が載っている。中の大岡の発言が、自らの一九八〇年代に至る仕事の背景や課題を語っていて興味深い。

彼は「日本的なるものに対してはどうしてもなじめない」のが、自分や武満ら同世代に共通する感覚だと述べ、こう続ける。

いまでも僕はぜんぜんなじめないわけで、日本というものを極力相対化したいと思って、そのためには日本のものを扱わなければならないと思うから、和歌とか俳諧とか、そういうものに関心をもっているわけです。……そういう意味では、自分は戦後すぐの時期にヨーロッパやアメリカに憧れたという、あの時代の雰囲気を持ち続けちゃっている……むしろ日本的な美意識を相対化することによってしか生きていけないと思うから、その自覚によって一連の仕事をしてきている。

見逃せない自己分析だと思える。なぜなら、『紀貫之』以降、古典詩歌論に力を注いだことによって大岡は「日本回帰」をしたというふうに、しばしば見られてきたからだ。しかし、一連の仕事はむしろ日本的な美意識の相対化のためだったというのである。

さらに次のようにも話していた。

社会的なものを扱うのは詩ではむずかしい。とくに僕にとっては、詩の方法論とからんでむずかしい問題があります。僕の次に出てきた世代の詩人たちは、たとえば風俗現象を非常に大胆に、またわりと楽に取り入れて詩を書いていて、それはある意味で感心したことなのですが、僕はそういう人たちに比べたら観念的な傾向が強いし、方法の追求ということにわりと関心がいってしまう質なのです。そういう人間にとっては、詩によって社会の分厚い肉全体をとらえることは非常に困難です。それをどのようにするか大きな問題で、たぶんそれをやろうとしても大失敗するだろうし、でもやらなければならないという気持ちはある……。

「次に出てきた世代の詩人たち」はいわゆる六〇年代詩人を指す。確かに彼らに比べると、大岡は「社会的なもの」を生のまま作品化することに慎重だった。だが、この発言は逆からいえば、自分は社会的な問題に深く関心を寄せつつ、それを詩の中に安易に（方法の追求なしに）持ち込むことを厳しく戒めていた、ということになるのではないか。

「ヲナガザメ」の読まれ方

こうした彼の考え方の実践例を、同誌創刊号に掲載された「組詩」中の一編「巻の四　原子力潜水艦「ヲナガザメ」の性的な航海と自殺の唄」（以下では「ヲナガザメ」と略記）に見ることができる。この詩については菅野昭正が、末尾の次の部分を引き、論じている（前掲『大岡信の詩と真実』）。

遠隔操縦されてゐる
われらの時代の拷問装置に
子どもらの声がむなしく響く

オネガヒダヨ　トツテキテネ
ユウレイセンノ　ユウレイ
タクサン

菅野の記述によれば、これは「アメリカ海軍の原子力潜水艦の沈没事故を主題に」「核戦争の抑止のためと称して核兵器の開発に狂奔する時代の、奇妙な転倒の様相」を描いた作品だ。引用は、その「ぬばたま即ち暗黒の時代を象徴する事故」(傍点は原文)の「海底に沈んだままの犠牲者に呼びかけるような語調」を取った「詩の終曲の部分」であり、乗組員の幼い子どもが父親に呼びかけるような「片仮名書きの三行は、一種おどけた童語ふうの調子の効果によって、事故の苛酷さをかえって強調するように働いている」と菅野は分析する。そして「大岡さんの時代感覚の詩がひとつの頂点に達した証し」と位置づけるのである。

この評価は的確だが、付け加えたいのは、これが一九六五年発行の詩誌『櫂』一二号に発表された大岡の作品「原子力潜水艦オナガザメの孤独な航海と死のうた」を原型としていたことだ。米海軍原潜「スレッシャー」(オナガザメの意)が大西洋で深海潜行試験中に沈没し、乗員一二九人全員が犠牲になったのは六三年四月のことである。つまり、事故の衝撃から想を得て定稿に至るまでに、大岡は二〇年以上の歳月を必要としたのだ。

八七年刊行の『ぬばたまの夜、天の掃除器せまつてくる』の「あとがき」にこうある。「おそらく二十年ほども前になろう、一時手をつけながら、中途で断念していた作もある。単独では仕上げることができなかった作も、このような一個の組織体としての詩集の中でそれ独自の場所を得ることができたのは幸せだった」。「ヲナガザメ」が、そうした作の一つに当たるのは間違いない。

そしてここには、次のような時代状況も関わっているように思える。詩が最初に発表された六五年はベトナム戦争で米軍の北爆が始まった年であり、冷戦下の米ソ対立の中で日本国内でも反戦運動が高まっていた。その時期に「ヲナガザメ」が詩集に入り、広く読まれることになれば、どうしても反米的なイデオロギーの文脈を帯びざるを得ない。

これに対し、八〇年代半ばはソ連でミハイル・ゴルバチョフ［一九三一生］が民主化改革を始め、東西の緊張は緩和されつつあった。厳密にいうと八四年はゴルバチョフのソ連共産党書記長就任より前だが、ソ連と東欧諸国の共産主義体制の失敗は既に明らかとなっていた。ならば「ヲナガザメ」も、もはやイデオロギー的に読まれる懸念は少ない。むしろ政治体制のいかんにかかわらず核開発の、あるいは軍事力増強の非人間的な側面、「奇妙な転倒の様相」を普遍的にえぐり出す詩となり得る。半ば無意識かもしれないが、そういう判断が働いたのではないか。私には、それがこの詩人の「社会的なものを扱う」方法だったように思われる。

2 「世紀の変り目」以後

「本能的な疑惑、嫌悪、怒り」

一九八〇年代は、どんな時代だったか。改めて考えてみると、それは七〇年代の二度の石油ショックにもかかわらず、日本経済がなお成長を維持した時期に当たる。人々は余暇をさまざまな趣味や、広い意味での文化活動へ振り向ける余裕を持つようになった。諸外国も日本の勢いに驚異の目を向け、その秘密を「日本的経営」などに探ろうとした。

出版界でも国内外で日本人論、日本文化論が相次いで登場する。エズラ・ヴォーゲル［一九三〇〜二〇二〇、米社会学者］の『ジャパン・アズ・ナンバーワン』(七九年)を先駆けとして、村上泰亮《やすすけ》［一九三一〜九三、経済学者］の『新中間大衆の時代』(八四年)、山崎正和の『柔らかい個人主義の誕生』(同)などが話題を集めた。

　一方で、ポストモダンの思想が広く受容され始めた。クロード・レヴィ゠ストロース〔一九〇八～二〇〇九、仏社会人類学者〕の『野生の思考』（邦訳七六年）、ミシェル・フーコー〔一九二六～八四、仏哲学者〕の『言葉と物』（同七四年）といった主要な文献の日本語訳がほぼ出そろい、そうした思潮の中で柄谷行人《からたにこうじん》〔一九四一生、文芸評論家〕の『日本近代文学の起源』（八〇年）、浅田彰〔一九五七生、経済学者〕の『構造と力』（八三年）、中沢新一〔一九五〇生、宗教学者〕の『チベットのモーツァルト』（同）などの著作も続々と刊行された。後の二冊は、八〇年代の現代思想ブーム、いわゆる「ニューアカデミズム」を牽引したことでも知られた。

　これと明確な因果関係を持つわけではないが、八〇年代の日本では高度成長期と違い、物の品質や機能よりも、デザインや見た目の新奇さの「差異」が価値を生む消費社会化が進行した。広告代理店やコピーライターの仕事が文化的にも先端と見なされ、影響力を持つようになる。後半にはのちに「バブル景気」と呼ばれる経済の拡大が生じた。地価や株価は急騰し、世間では享楽主義的な様相もいっそう強まっていく。

　この時期、大岡信はある焦燥を抱えていたようだ。八九（平成元）年刊行の詩集『故郷の水へのメッセージ』の「あとがき・独白」にはこうある。

　私は自分の詩作品がほとんど常に、同時代の流行の生活感覚や流行思想に対する本能的な疑惑、嫌悪、怒りの衝動と切り離せないところで芽生えたものであることを知っている。こんな人間の詩が流行するわけがない。

わざわざ「独白」と記したところに思いの激しさがうかがえるし、収録された「詞書つき七五調小詩集」の次の一節などにも「怒り」は見て取れる。

「さる年夏某誌よりアンケート来たる　その問にいはく「こんな文章は読みたくない」即ち答へて」との詞書を受けての短歌形式二行のうちの一行。

がつがつと知れる事みな書きこんで勝ち負け競ふ小《こ》秀才いや

故郷の「水をけがす者」

表題作「故郷の水へのメッセージ」では、彼には珍しいほど「流行の生活感覚」への嫌悪と怒りをあらわにしている。同作末尾の注記によると、大岡の郷里・三島に近い柿田川湧水群（静岡県清水町）は「富士山の伏流水湧き出づるところ、三島梅花藻をはじめ珍重すべき魚類鳥類虫類の生育の場」として知られた。ところが当時、乱開発による水量の減少、水質悪化の危機にひんしたため、地元でナショナルトラスト運動が起きた。この団体の呼びかけに応じて寄せたメッセージが詩の原型になったという。その最終二連。

この水をけがす者は
いかに私のよき隣人の農薬使ひであらうとも
地表にも　人間の内側にも
まへもつての死をよびこむ者だ
クレソンごときを栽培するため
この水を都会の銭で奪ひとる者は――

生きものの還つてゆく
暗く涼しい遙かな場所を
まへもつて　二流フレンチ・レストラントの
ドレッシング・オイルによつて
油まみれにまぜかへす者だ。

さらに、同年刊行の評論『詩人・菅原道真――うつしの美学』の「あとがき」も、明らかに同様の焦燥を語っている。

私は文学評論や思想論文などに見る現代日本の文章が、いわば過度に武張って難解になる傾向を持っているのがあまり好きでありません。同時に、巷間人々が語る話し言葉そのものが、しまりのない、断片的で刹那的なものになる傾向を持っているのもあまり好きではありません。

ならば「流行の生活感覚や流行思想」、「過度に武張って難解」な文章、「断片的で刹那的な」言葉とは異なるもの、そのような傾向・風潮に抗するものを、大岡は提示していたのか。しかりである。

断片化された感覚への批判

大岡が批判したものとは、かみ砕いていえば断片化され、デジタル化された知であり感覚だろう。それは文脈という意味の連なりを軽視する思想ゆえに難解であり、個の内部に閉じて他者とのつながりを求めない言葉だから刹那的なのだ。これに彼が対置したものは、「故郷の水へのメッセージ」に見られるごとく、反権力や反資本を叫ぶ主張や固定した理念ではなく、菅野昭正が指摘したように「時代感覚」としか呼び得ぬものだった。

初期の名編「水底吹笛」(一九四九年)をはじめとして、大岡が自他ともに認める「水の詩人」だったのは象徴的だが、水それ自体は色も形も匂いもなく、ただ流動しゆくもの、しかし人が生きるのに必須のものである。まさにそのように、彼は生命に不可欠な流動性、柔軟性、可塑性、響き、うねり、輝き、他を潤し、生かすものを指さし続けた。逆に、全ての硬直したもの、とどまるもの、凝固したもの、他を縛る偏狭なものに対しては反抗心を隠さなかったと見える。これらはみな感覚的なもので、現実の政治や社会構造に直接力を及ぼすことはない。だが、内奥からいや応なしにほとばしり出るものであり、それらは戦後、彼が詩壇に登場した五〇年代以降、詩を愛する人々の心を揺さぶり、みずみずしい言葉の力によって思想の教条や威圧や停滞を打ち破る方向へと脈動を与えた。

「折々のうた」も一見、断片化した小文を並べたデジタルな構成と映るが、実は全く違っている。本人が八〇年の講演で述べているように、このコラムは毎回読み切りでありながら、ある日に取り上げた詩なり短歌なり俳句は、前日のもの、また翌日のものと「連句の骨法」により内的なつながりを持って選ばれていた。

そこに並んだものの全体を横に並べて読んでいくと、そこには一首の歌や一句の俳句を単独に読むのとは違う何かが表現されていなければならない。全体としてつくられてある別のもの、まあ、長い詩といっていいですけど、古今東西さまざまな人の短い言葉によってつくられる、何というか詩の織物のようなものが、そこに織られていたらいいなということ……。（『新　折々のうた　総索引』）

一例を挙げると、『万葉集』の旋頭歌（五七七を二度繰り返す形式の和歌）「夏影の房《つまや》の下に衣《きぬ》裁つ吾妹《わぎも》　裏設《ま》けてわがため裁たばやや大《おお》に裁て」（柿本人麻呂歌集）の翌日に置いたのは、芭蕉門の俳人、榎本其角《えのもときかく》の「越後屋に衣さく音や更衣」。これは「衣裁つ」から「衣さく」への連想と分かるが、その次は昭和の俳人、中村草田男［一九〇一〜八三］の「六月の氷菓一盞《いっさん》の別かな」だった。

大岡は「「盞」はさかずきだが、ここは氷菓の容器をいう。夏休みに入るころ、それぞれが散ってゆく学生同士の、しばしの別れの情景か」と書いた（『折々のうた』）。夏の風物、「裂く」と「別れ」の類比だけでなく、張りのある言葉の切れ味に似たものを見たと思われる。

道真の孤心と「うつし」の美学

前述の蜂飼耳は、「折々のうた」について「優れた作品を優れたものとして受け取って共鳴し、その共鳴から次の展開を生み出していく力を大岡さんは持っています」と話した。私が思うに「創造的啓蒙」ともいうべき大岡の仕事の神髄は、ここにある。

『うたげと孤心』との出会いが蜂飼には大きかったという。「高校一年の時、文庫版（九〇年刊）が書店に平積みになっていたのを購入したのですが、特に後白河法皇を論じた後半にひき付けられた。歌謡を愛し、打ち込んだ後白河法皇の孤独な姿が、まるで大岡さんの友達であるかのように描かれていました」。そう取材に答えて語った。

後白河と同じく政争に敗れ、大宰府に流された菅原道真を、やはり孤独で卓抜な漢詩人としての側面に光を当てて描いた前掲『詩人・菅原道真』の最終章「古代モダニズムの内と外」には、次のくだりがある。

　詩はもちろん単独の作者によって書かれます。しかしそれは、現実には、心を同じくする友人や理解者によって読まれることを前提にして書かれます。なぜなら、詩は根本において述志であり、訴えであり、呼びかけであり、祈りでさえあるものだからです。……

　彼［道真］は、一人の友にも恵まれぬ幽閉生活の中で、白・元二家［唐代の詩人、白居易と元《げん》稹《しん》］のかわした熱烈な友情の詩を黙々と読み、羨望の眼で彼らを仰ぎ見ていたはずです。

　彼は自分とはわずか三、四十歳しか年齢が隔っていない二人の異国の詩人のうちに、本朝ではもはや求めえない友を見出し、脳裡で彼らと話し、彼らに訴えるという経験をくりかえしていただろうと思われます。

また、その少し後ではこう書いた。

彼はそれら[白居易をはじめとする中国文学など]の中に、単なる修辞のお手本を探しただけではありませんでした。彼の陥っている八方ふさがりの非条理な状況を、辛うじて文字を連ねることによって切り裂き、一瞬でもいい、より広い、より呼吸しやすい心的空間をわがものにするために、それらの修辞、それらの観念を、その述志のための必至必然の表現手段として用いたのです。

このようにして大岡は、「ダイナミックな変成力」を内包した道真における(漢語から大和ことばへの)「うつし」の美学を論じていく。それは「孤心」のうちにも「うたげ」へ、すなわち他者へと開かれた心的空間こそが詩の本質であるとの確信を語るものだ。時代の変化や流行に抗して(孤独な)詩人が取り得る道のヒントは、どうやらここにある。その端的な実践が「折々のうた」を、長い歳月をかけて連ねることだったのではないか。

思えば、『故郷の水へのメッセージ』と『詩人・菅原道真』が出版された八九年は一月に昭和が終わり、一一月にはベルリンの壁が崩壊して東西冷戦が終結した。内外にわたる歴史の節目に際して大岡の感じた焦燥と、それに対置すべく力を傾けた他者への呼びかけは、どうなったのか。その行方へ目を凝らさなければならない。

田村隆一と二〇世紀への哀惜

私と生前の大岡の接点は、ごくわずかなものだったが、忘れがたいのは一九九八年秋、「毎日新聞」文化面で月一回、現代詩の新作掲載のコーナーを始めた際、初回を大岡に依頼したことである。電子メールが普及していなかった当時はまず用件を記してファクスで送り、そのち電話をかけて返事をもらうというのが通常の原稿依頼の仕方で、そうしたと思う。電話でのやり取りは記憶していないが、とにかく快諾は得られた。この時、書いてもらった作品が「こほろぎ降る中で」だった。五行六連三〇行のうち、終わりの二連を引く。

田村さん　隆一さん　あんたが
好き嫌ひともはつきり語つた二十世紀も了る
こほろぎがばかに多い都会の荒地を
寝巻の上へインバネス羽織つただけのすつてんてん

あんたはゆつくり　哄笑しながら歩み去る
大塚の花街《はなまち》に隣《とな》る料理屋育ちの
折目正しい日本語と　べらんめえの啖呵《たんか》の混ざる
あんたの口語は真似できさうで　できなかつた
沈痛な背高《せえたか》のつぽの色男にも　歯つかけの
爺さんにもなれた人　大柄な詩人　さやうなら

（初出は「毎日新聞」一九九八年一一月四日夕刊）

その夏死去したばかりの田村隆一への追悼詩だ。作中、「インバネス」はコートの一種、「大塚」は田村が生まれ育った東京の地名である。これは『現代詩手帖』同年一二月号の「現代詩年鑑」アンソロジーに、この年の大岡の代表作として再掲され、翌九九年刊行の自選詩集『捧げるうた　50篇』の巻末に収められた。「人に献じた詩だけを選んだ」（同詩集「あとがき」）ユニークな詩集の、各作品の自解として書かれた「後日の註」には、こうある。

毎日新聞が月に一回現代詩を掲載することを決め、その第一回に私が依頼を受けた。ちょうどその少し前、田村隆一がなくなった(一九九八年八月二十六日)。……毎日新聞から依頼された詩は、あちらの意向としては、できれば田村さん追悼の詩を、ということだった。戦後詩とよばれるものの中で、私が詩を作りはじめた最初の時期に最も強い詩的衝迫を受けたのは田村隆一だった。

田村の詩と人への敬愛に、終わろうとする世紀への哀惜を重ねた優れた詩である。「あとがき」に、大岡はさらに記している。

しんがりの田村隆一追悼の詩だけは、既刊詩集に未収録(のち改稿して『世紀の変り目にしやがみこんで』に収録)だが、この詩を発表したあと、これをしめくくりとして、折もよし、二十《マ》世紀最後の《マ》年に、『捧げるうた　50篇』という詩集を作ろうと思いたった。

「他者」に開かれた追悼詩の秀作

そしてこの詩集は大岡の資質が最もよく表れた、と同時に現在、また将来にわたって読者が愛唱するにふさわしい作品ぞろいである。「春のために」「サキの沼津」(八一年。詩集『水府　みえないまち』所収)といった夫人を対象とする恋愛詩と並んで、友人・知己の死に際して書いたあまたの追悼詩に秀作が多い。先に引いた伊達得夫や志水楠男に宛てた詩も収められたが、ここでは『鬼の詞』以来の友人、重田徳を四〇代前半で失った時の作「薤露歌《かいろか》」を挙げる。全七二行の詩は一部の引用では到底、哀傷のほどが伝わらないが、まずは第一連の終わり三行。

薤《にら》の葉にたちまち乾く露の身の
それにしてもあんまり急《せ》いて乾いてしまつた
重田《しげた》の徳《あつし》よ

「薤露」は漢詩に由来する語で、細長いニラ(ラッキョウとも)の葉に置く露は乾きやすいところから人生のはかなさを指し、挽歌の意を持つ。ちなみに、夏目漱石[一八六七〜一九一六]の短編小説に「薤露行」がある。

興味をひかれるのは、この詩が旧制中学時代のガリ版同人誌から亡友の作った俳句数句を引用し、唱和しつつ嘆きをうたっていることだ。句は「野苺の堤《どて》や十五なりし人を恋ひ」「凍る月の残像枯野の果に印す」など。詩は次のように閉じられる。

きみの死は

かうしてきみの生きた言葉を
おれの中へもういちど植ゑなほすのだ
おれが乾くそのときまで
おれの中で息づくために

初出は『現代詩手帖』七四年一月号（『悲歌と祝禱』所収）。大岡は連句や連詩を始めてまだ二、三年ほどである。重田ら中学時代の友人で早世した人々については『詩への架橋』などで重ねて哀惜の思いをつづっている。このように明確な唱和の形を取らない場合でも心に響く追悼詩が多いのは、彼が「他者」を自らの内に受け入れられるがゆえであり、それは述べてきたように連句・連詩の思想に直結する。

実際、『捧げるうた　50篇』の「あとがき」では、「自分の過去五十年間にわたる詩作品の群れに、一つの角度からする筋道をつけてみようと思った」と編んだ意図を述べ、過去を「参照できる標識」として「「他者」を立てた」と言明している。

こうして見ると、大岡の仕事にとって他者の存在がいかに大きかったかが改めて浮かんでくる。二〇〇二年の『大岡信全詩集』の後に出た最晩年の二冊の詩集(『旅みやげ　にしひがし』『鯨の会話体』)に収められたのも、多くは彼が生涯において、さまざまな場所で出会った人々との邂逅をうたったものであったことも思い合わされる。

ところで、他者を作品に導入するという文学の手法そのものは、決して彼の独創ではないというよりは、第四章で見たW・J・オングの議論にも明らかなように、むしろあらゆる文学は洋の東西を問わず、他者との対話をこそ本質としてきたと、もちろん言えるのである。事を日本の戦後詩に限ってみても、例えば荒地派のリーダー、鮎川信夫の初期詩編が戦死した友人との対話から生まれたものであることはよく知られている。

加えて、これも鮎川による戦後詩を代表する作品「アメリカ」の名高い冒頭部分。

それは一九四二年の秋であった
「御機嫌よう!
僕らはもう会うこともないだろう
生きているにしても　倒れているにしても
僕らの行手は暗いのだ」

そして銃を担ったおたがいの姿を嘲けりながら
ひとりずつ夜の街から消えていった

（『現代詩文庫　鮎川信夫詩集』より引用）

このかぎ括弧内が、トーマス・マン〔一八七五～一九五五、独作家〕の小説『魔の山』の終幕の一節を巧みに変奏したものであったことが象徴するように、近代以降の日本文学が小説、戯曲も含めて欧米文学の参照、導入を――親和的なものであれ対抗的なものであれ――この上ない滋養としてきたことも確認するまでもない事実だ。

だから、大岡が『うたげと孤心』で、文学者の孤心における表現の創造は結局、他者との唱和を目指す「うたげ」の中でしか生まれないと強調したのは、それが歌合や連歌、俳諧、歌謡といった日本古典に材を取った意外性も合わせて、一種の「コロンブスの卵」ではあった。

同時に、近代文学の伝統とは、人と人が言語や境遇を超え、内面の「孤独」において理解し合い、つながり得ることの確信に基礎を置くものといえようが、大岡の論はいわばこの原因と結果を逆転してみせたという意味でも「コロンブスの卵」だったのである。

裾野での晩年

大岡と私のもう一つの接点についても記しておきたい。大岡は二〇〇九年に脳出血を起こし、東京都内のマンションから静岡県裾野市の別荘へ居を移す。最後の住まいとなったその家を、転居後間もない七月に訪ねた。三カ月後の一〇月、郷里の三島市にオープンする「大岡信ことば館」(一七年閉館)の準備が進んでいて、その取材の折だった。

生前から明らかにされていたことだが、彼は一九九三年一一月、フランスで脳梗塞を発症し、緊急帰国したことがある。初期対応がよく大事には至らず、帰国から二週間後には約束していた二つの講演をこなしたことをのちに詩に書いている(「パリ、地中海　わが病ひの地誌」、二〇〇二年。『旅みやげ　にしひがし』所収)。妻かね子に聞くと、発語がもつれる後遺症もあり、やめさせようとしたが、「ちょっと風邪を引きまして」と言いながらやり遂げた。「律儀というか、変なところで負けん気があって」。以後、たばこを断つなど体調管理に努めたが、年譜で見る限り、仕事の多忙さはその後もさほど変わらない。好きな酒も量は減ったものの、さまざまな会合での付き合いもあり、飲むことは続いた。

それから一五年余り後、喜寿を過ぎてからの発病だったが、今度のダメージは大きく、再び創作の筆を執るのは困難になった。ただし、私が裾野へ訪問した時点ではまだこちらの問いかけにも短い言葉を返せる状態だった。

その夏の日、夫人のサポートを受けながら会話を交わした。少ないやり取りの中で、『詩への架橋』は『折々のうた』の序章的な意味を持つのではないかという、私が年来、抱いてきた意見をぶつけると、大きくうなずき肯定の意思を示してくれたのはうれしかった。というのも、本書でも何度か引用した『詩への架橋』は高校一年の時に買って読んで以来、私にとってこよなき「詩の導き手」だった。少年時から今に至るまで詩に関心を寄せ続けてきたのは、この書が「詩を読む」という営為の豊かさ、小説でも随筆でもなく詩を読むことでしか得られない種類の慰藉を、私に教えたからだともいえるのである。

大岡信（静岡県裾野市の自宅にて，2009 年 7 月 14 日，撮影＝筆者，© 毎日新聞社）

裾野では、その時たまたまマリリン・モンローがプリントされたシャツを着ていた彼の写真も撮影させてもらった。

大岡は二一世紀初頭まで、詩と散文の執筆や講演を精力的に行う一方、連句を、また海外を含む詩人たちとの連詩を重ねた。「折々のうた」

も二〇〇七年まで書き継いだ。この間、業績は国内外で認められ、一九九四、九五年にパリのコレージュ・ド・フランスでの計五回の連続講義へ招かれ(『日本の詩歌』として刊行)、二〇〇四年にはレジオン・ドヌール勲章オフィシエを受ける。また日本芸術院会員となり(一九九五年)、文化勲章を受章した(二〇〇三年)。

しかしながら、そうした世評とは別に、創作者としての独自の感覚、菅野昭正のいう「時代感覚」に基づく彼の生き方は、五〇代を迎える一九八〇年代初頭までに確立していたと思われる。それは八〇年代から現代詩の世界に関心を寄せてきた私自身の実感でもあるが、客観的な指標はいくつも挙げられる。最大のものは本章で述べてきた「折々のうた」の成功であり、また七九年から八二年にかけて『櫂・連詩』『歌仙』『連詩　揺れる鏡の夜明け』が刊行され、連句・連詩の試みが海外への展開を含めて最初の結実を見たことである。表現者にとって自らの仕事がどのように評価され、位置づけられるかは重要な関心事であり、この点で七九年の『肉眼の思想』をはじめとして大岡の著作が文庫化され始めたことも大きいだろう。他ジャンルの人々とともに文化誌『へるめす』の編集同人を務めたこともそうである。八九年には日本ペンクラブ会長にも推された(九三年まで)。

以後は、時に硬直した「流行の感覚、思想」に反発をかき立てられることがあったにせよ、また七八年の『春　少女に』で一つの頂点を画してのち、詩作の面で彼は長い模索の時期に入っていったが、それにしても、大岡の柔らかな、あえていえば「不易の感覚」は二〇世紀末から二一世紀初めにかけての激変の時代にも揺らがなかったように見える。

「人情」と「自由で開かれた表現」

その感覚を支えていたものは何か。

一つは大岡が「人情の人」だったことだろう。極めて親しい関係にあった三浦雅士は、大岡が「文学の中心的主題は「人情」に尽きる」と考えていたことを再三、私に対して力説した。ただし、これはなにも彼が無謬の偉人だったことを意味しない。むしろ自身を含めた人間一般の不完全さを前提に、他者との間に、働きかけ、働きかけられる有意義な関係を築こうと努め、追求し続けた生涯だったように思われる。その文学における究極の表現が連詩だが、制作の現場での感触は少なくとも本人の意識では、日常的な人間同士の付き合いの地平と隔絶したものではなかったようだ。

もう一つ、より重要なのは「自由で開かれた表現」への信念である。文学や芸術の創作者は才能に優れていればいるほど、より新しいもの、前衛的なものを追求しがちだ。若き日の大岡にもそういう傾きがなかったわけではない。だが、それは単線的でなく、絶対の真実や正義に対する懐疑を常に伴い、同時に、大衆と切り離された独善的な表現は嫌った。この点は「どんなことも、誰にでも伝わる言葉できちんと書く」を、彼が新聞記者経験から得た終生のモットーとした(大岡かね子の証言)ことにも明瞭にうかがえる。

先に『へるめす』同人に触れて、どこか戦後間もなくのオールドリベラリストを想起させると述べたが、これは決しておとしめる意味ではない。戦前・戦中の皇国思想の中にも、戦後の左翼思想にも「革新」の鼓吹があり、時代の主導者たらんとした点では同じである。序章で見たように、敗戦を一四歳で迎えた大岡がそれらの両方に批判的だったことは注意していい。その立場は戦前・戦中の自由主義者、例えばマルクス主義と対決したのちファシズム批判を強めて弾圧された経済学者、河合栄治郎[一八九一〜一九四四]とも重なって見えるが、そもそも芸術や学問は本来的に自由な表現・探究に最大の価値を置き、それを抑圧するものは何であれ拒絶する。その意味で大岡のリベラルな姿勢は一貫していたといえよう。

二〇世紀末が迫った一九九七年のエッセー「日本の詩歌百年をかえりみる」(『ことばが映す人生』所収)で彼は、自身の「現代詩体験」を交えて戦後の田村隆一や鮎川信夫の詩には「まったく新しい表現上の要素があった」と書いた。それは「現代詩における散文性の啓示」であり、

「戦前までの詩に濃厚に存在していた「歌う」要素を背後に押しやり、代りに「語り叙べる」要素を、堂々たる現代詩の幹線道路に仕立てた」という。

このエッセーに引例はなく、「散文性」を短行で示すのは難しいが、田村の代表作「立棺」（詩集『四千の日と夜』所収）の冒頭一連を引いてみよう。

わたしの屍体に手を触れるな
おまえたちの手は
「死」に触れることができない
わたしの屍体は
群衆のなかにまじえて
雨にうたせよ

七五調などの韻律はもちろん、旧来の抒情詩のように思いを「歌い上げる」リズムからも切断されているのが分かる。だが、同時に散文的な「語り」ならではの新しい音楽性が奏でられている。ただし、大岡はこうした「散文的語法の定着」が「社会批評から風俗の細叙まで、哲学的議論から壮大な自我宇宙の展開まで、現代詩の表現可能性」を「一挙に拡大」させた一方で、六〇年代以降、「増殖につぐ増殖を重ね、詩人たち自身も今や迷路をひた走っている実感にひしひしと迫られる」ようになったと述べる。第四章で引いた最晩年の文章でも触れていた、二一世紀の今に至る現代詩の「袋小路」の指摘である。

現代詩の突破口を求めて

彼はまた、近代の短歌・俳句では正岡子規が「写生」という「明快でだれにでも実行できる技法」を提唱して革新運動を起こしたのに対し、口語自由詩には「技法の革新家としての子規に匹敵する人」が出なかったと論じた。その結果、「試みに次ぐ試みと実験の貴重な成果が、いわばある詩人の個人的成果以上に深められることが少なく、詩人一人一人が〝孤立の栄光〟に甘んじている」(前掲「日本の詩歌百年をかえりみる」)。

そして、重要なのは「口語詩というものが多くの人の口ずさむに足る安定した形式をまだ持ちえていない」(同前)と考えた大岡が、自ら突破口として連詩に取り組んでいるとしていたことだ。第四章第二節で見たように、連詩は詩人たちが「孤立」から、異質な「他者」へと開かれていく方向性は示したものの、大岡が目指した「安定した形式」にはまだ到達していない。

一九六〇年代以降では多くの人が口ずさめる詩の一節も、まして誰でも書ける明快な技法も残念ながら、ほとんど見当たらないのが現状だ。八〇年代に彼が吐露した焦燥も、根底はこうした現代詩の隘路に発するものだったともいえよう。

つまり、彼が求めてやまなかった「自由で開かれた表現」のうち、現代詩は「自由」は確かに獲得した。そして、さまざまな実験や方法の探究、試行錯誤による詩の表現可能性の拡大に、彼自身も努めたし――『アララットの船あるいは空の蜜』に封じた詩集を想い起こそう――、また「人情」の面からも彼は、年長者から若い世代に至る現代詩人たちのそうした格闘への理解と批評的意義づけに力を惜しまなかった。だが、戦後半世紀余りの幾多の詩人たちによる探究と試みの末、どれだけ「開かれた表現」が実現したのか――という点に関しては懐疑的にならざるを得なかった、ということだろう。

しかしながら、大岡はそのような状況に対しても絶望を語ることは最後までなかった。彼が没したいま重要なのは、連詩という集団制作の「形態」よりも、そこに込められた「思想」であると思われる。確かに彼自身は連詩という一つの象徴的な答えを導いたのだが、同じ思想から導き出されるべき答えは一つとは限らないからだ。むしろ大岡の仕事を貴重と考える人々によって一人一人、別様の答えがあっていいし、それを目指しての多様な模索と実践こそ彼の願うことではないか。

私なりの答えの試案は終章で示そうと思うが、ここでも肝心なのはただ一つの「正解」にたどり着くことではなく、その過程にある。道筋は一つでなくていい。行き当たりばったり、同時多発的に、自分らしく楽しく、でも真剣に、一歩でも進もうとすること。結局はそれが大岡信のやろうとしたことであり、そのようにしてあちこちに橋を架け続けたのが彼のなしたことであろうから。

終章
「うたげ」が架橋するもの
「中道リベラル」の位置

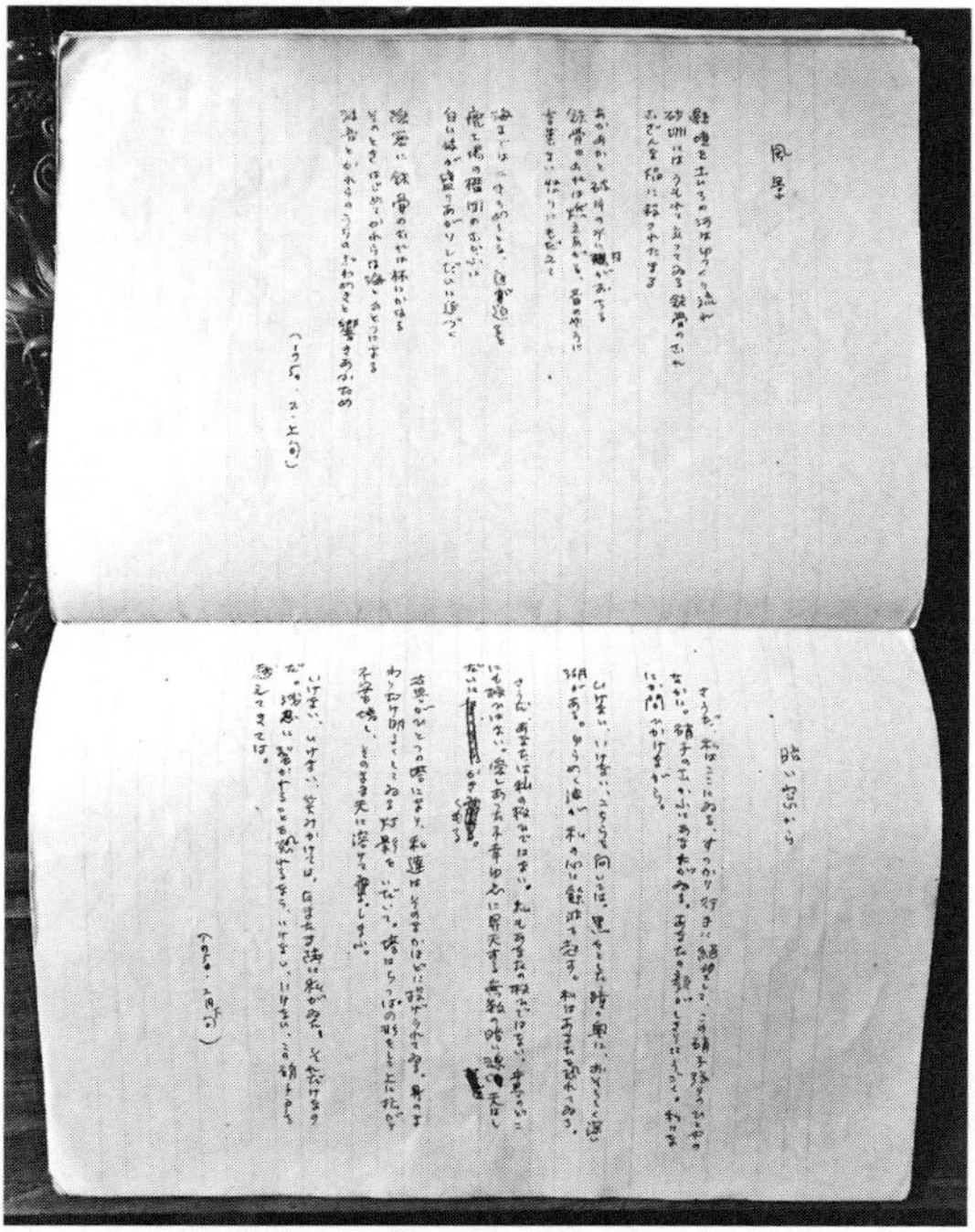

「暗い窓から」が書かれていた詩稿ノート

丸谷才一『日本文学史早わかり』

大岡信の仕事が戦後の詩史、文学史ひいては文化史、思想史において際立っていると思われる点は三つある。

一つ目は詩作にしろ散文にしろ、言葉の選択が明晰で、表現として個性的な輝きを放っていること。二つ目に、批評の面で通時的にも共時的にも、すなわち古今の歴史の流れにおいても同時代の芸術文化諸ジャンルの平面においても、見通しがよく利き、バランスの取れた把握ができること。三つ目は、『うたげと孤心』に代表されるように、創造的な行為の本質を他者に開かれたダイナミックな営みとして捉え、またそのような創造の実践に努めたこと――である。総じてこれらの特徴は、人間への信頼と、未来への肯定的な姿勢を彼の作品にもたらした。

第一の点は、これまで折に触れて引用した作品が雄弁に語っていると思われる。

第二の特徴についても度々触れてきたが、ここでは一九九四(平成六)年の論文「日本近代詩の風景」(雑誌『アステイオン』三四号。『ことのは草』所収)で大岡が、自らも参加した詩誌『鰐』に関して、それが「シュールレアリスムの方法論を批判的に摂取することを目指し」、「日本語による詩的表現の可能性を拡大」しようと努めたと述べていたことを付け加えよう。その試みは「一九六〇年代以後の若い詩人たちの、言語使用における自由の意識の強化に多くの示唆を与え」たとして、彼は天沢退二郎、吉増剛造、長田《おさだ》弘〔一九三九～二〇一五〕、寺山修司らの名前を挙げた。「言語使用における自由の意識」は二一世紀の現在まで多様化しつつ、なお拡大を続けているといえる。

戦前戦後にわたる現代詩の流れを目配りよく鮮明に描き出す大岡のバランス感覚はここでもいかんなく発揮されている。そうした視野を与えた一つの要素が、敗戦を一〇代半ばで迎え、「神国日本」の不滅性に対する無邪気な信念」があっという間に崩れ「アメリカ流デモクラシーへの讃美」(同論文)に変わるのを目撃した世代体験にあったことは前にも述べた。

以下、本章では三つ目の特徴を検討するが、そこで参照したいのが大岡とほぼ世代を同じくする文学者、丸谷才一と山崎正和の議論である。この二人の著作はそれぞれ質量ともに膨大だが、『うたげと孤心』との対照では丸谷『日本文学史早わかり』(一九七八年)、山崎『社交する人間』(二〇〇三年)の二つの評論を見るのが適当と思われる。

丸谷が『日本文学史早わかり』(初出は『群像』七六年一〇月号)で展開したのは、戦後文学の自然主義的、私小説的な傾向に対する批判に発する、いわば「アンチ戦後文学」的な新しい日本文学史観の提示だった。その眼目は、『古今和歌集』に始まる二一の勅撰和歌集をはじめとする「詞華集を目安にしての時代区分」の提案にある。すなわち、第一期　八代集時代以前▽第二期　八代集時代▽第三期　十三代集時代▽第四期　七部集時代▽第五期　七部集時代以後――の五期で、それぞれについて詳述する余裕はないが、特に強調されたのは、例えば第二期は紀貫之、第三〜四期は藤原定家、第五期は正岡子規といった、各時代の「指導的な批評家」の存在だった。第五章で引いた『折々のうた』完結時の丸谷の書評が、それを詞華集（勅撰和歌集や芭蕉七部集など）および「歌学（詩の批評）の伝統」の流れに位置づけ、高く評価したのは、彼のこの文学史観に基づいている。

ここでの文脈で重要なのは、第五期に当たる二〇世紀初め＝明治末以降の日本文学に対する丸谷の見方だ。その性格を、彼は詞華集の伝統が失われたことに象徴される「宮廷文化の絶滅期」であり、「個人詩集、歌集、句集の時代」と規定する。「これはちようど西洋から反伝統的な個人主義の文学、殊に小説がはいつて来たとき」であり、それが日本文学における「自然主義の勃興」と――丸谷の考えでは、不幸にも――合わさったために、戦後に至る生真面目な孤独の追求に偏した自然主義的、私小説的な傾向を強めることになったという。この考え方は丸谷が生涯持ち続け、主張を怠らなかった信念だった。

左翼偏重の文壇主流への反感

これだけのことなら、今では単なる文学観の違いを示すにすぎないように受け取られてしまうが、背景には、というより、おそらく同時代の読者には明白に、ある種の政治的な問題が存在した。それは左翼偏重の戦後文壇の主流に対する反感である。大岡より学年で五つ年長の丸谷は、戦地は踏まなかったものの従軍体験を持ち、その思想も陰影に富み単純化できない。ただ、私のような一九八〇年代の文学青年にとっても批評家では吉本隆明、作家では埴谷《はにや》雄高《ゆたか》［一九〇九〜九七］らに代表される「戦後文学」の権威には歴然たるものがあり、むしろ丸谷は文壇の傍流に位置すると見なされていた。このため半世紀を超える文学者としてのキャリアにおいて、彼は少なくとも冷戦崩壊に至るまでの過半の期間、左派中心の文壇主流を相手に対抗の意欲を燃やし続けたのではないかと想像される。

念を押すが、これは彼が右派であったという意味では全くない。この点は大岡と山崎についても共通していえることだが、それぞれに微妙な立ち位置の違いはあったにせよ、三人の思想は基本的にリベラルであり、彼らは戦後民主主義の果実、とりわけ自由な表現・言論の空間を当然のごとく尊重し、その確保を前提に創作し発言した。また一方、戦前戦後を通じて自然主義文学や私小説がイコール左翼文学だったわけではなく、むろん丸谷の論はそのあたりを慎重に扱っている。彼が問題にしたのはある作品がまず文学表現として優れているか否かであって、左翼文学全てを否定したわけでもないことは注意を要する。

『日本文学史早わかり』が八四年に文庫化された際、解説を執筆したのは大岡だった。その中で大岡は、「「詞華集」、わけても「勅撰集」を手がかりにして日本文学史を構想すること」を「日本文学の本質に迫る最も正統な行き方」とするなど、この書への共感を繰り返し記している。そのうえで、「過去数十年間の現代日本では、詞華集的人間という概念でとらえられる詩歌人が急激に跡を絶ち、あるいは不当に無視・軽視されてきた」(傍点は原文)ところに、丸谷が「現代日本文明の衰弱」を見て取っていることを指摘した。さらに、「私自身も、紀貫之の仕事について考えることから始めて、日本文学における「うたげ」の原理と「孤心」の原理との共存・競合関係の重要性について考え、近年は一種の詞華集の試みとして「折々のうた」の仕事を続けてきたため」丸谷の意図が「よくわかる」と述べ、二人の仕事が同志的な基盤から芽吹き、枝を伸ばしたものであることを示唆している。

同志的というのは、第四章で見たように、かねて二人がともに古典詩歌の世界に関心を寄せていたうえに、七〇年以来、連句の連衆として「うたげ」の実践を重ねてきていたことを指す。抱えた主題はおのおのにあったが、丸谷は詞華集を中心にした独自の文学史観の現代における恰好の実例を『折々のうた』の成功に求めることができ、大岡は『折々のうた』の意義の歴史的な裏付けを丸谷の文学史に求めることができた。その意味で、彼らの「共闘」は互恵的なキャッチボールになり得たといえる。

面白いのは、丸谷が詞華集的人間の後継者たりうる年少世代の作家として村上春樹［一九四九生］と池澤夏樹［一九四五生］の二人を早くから評価していたことだ。この二人も初め、戦後文学的な枠組みとは異なる位置から出発し、二〇二〇年代の現在ではそれぞれに文学シーンで存在感を持っている。実際、池澤は二一世紀に入って各三〇巻の『世界文学全集』『日本文学全集』(河出書房新社)を個人編集し、まさに詞華集的な伝統につながる仕事をした。村上も創作以外に一八年からラジオのＤＪ(ディスクジョッキー)を務め、ある意味で音楽を通した独特な「うたげ」の場を作り上げているといえる。

いずれにしても、丸谷が自然主義的、私小説的な傾向に対抗するものとして詞華集の伝統を称揚したことは、『うたげと孤心』の思想と重なり合っていた。

山崎正和『社交する人間』

一方、山崎の『社交する人間』については、「社交」の場が「うたげ」の場に相似たものであることは容易に察せられるだろう。初め二〇〇〇〜〇二年、雑誌『アステイオン』に連載されたこの長編評論は、歴史上の事例として「日本では異例に長い社交の歴史が続き、ほとんど切れ目なくすべての文化活動が社交に根ざしていた。『万葉集』の歌の多くが宴席で作られたと推定されているし、平安期の短歌を始め、室町期の連歌、江戸時代の俳諧も人の集まる席で詠われかつ批評された」ことを示した。ヨーロッパの社交では一七世紀フランスのサロンを挙げ、「作家たちは普遍世界の公衆に立ち向かう以前に、まずは［サロンにおける］顔の見える私的な鑑賞者のまえに立って、その具体的な評価を頼りに自己の表現の成立を確認することができた」などと文学史上の意義を論じている。

そもそも山崎は社交を、「中間的な距離を置いて関わりあう人間が、一定の時間、空間を限って、適度に抑制された感情を緩やかに共有する」行為と定義していた(同書)。「付かず離れずの関係」とも説明されるが、そのうえで「社交的な個人はけっしていわゆる「近代的自我」ではなく、他人を自己の手段とする支配者ではない。……彼らが評判を得て虚栄心を満たすためには、まさに彼ら自身から見て敬意に値する他人がいなければならないからである。自己が認知されるには他人が不可欠であり、その認知が意味あるものであるためには、彼ら自身がその他人を認知していなければならない」と述べている。大岡らが連句や連詩で経験したのと同種の、「他者」との相互承認が山崎の考える社交の本質であることが分かる（同書に関しては、三浦雅士『孤独の発明』から多くの示唆を受けた）。

山崎は学生時代に共産党で活動した左翼体験を持つが、間もなく転向して劇作、次いで大学教員の傍ら評論活動を始め、『中央公論』を拠点に論壇の主要なプレーヤーとなっていった。彼が評論家となった時の中央公論社は一九六一年の嶋中事件（深沢七郎の、夢の中で天皇一家が処刑されるという設定の短編小説「風流無譚」を同誌が掲載。反発した右翼少年が当時の嶋中鵬二・同社社長宅を襲い、家事手伝いの女性を刺殺し、夫人に重傷を負わせた）などを経て中道・保守へ論調を転換した後であり、佐藤栄作政権（一九六四〜七二年）で政治学者の高坂正堯《こうさかまさたか》［一九三四〜九六］らと現実主義的な学者ブレーンに名を連ねたこともあって、山崎は保守派と見なされた。もっとも、敗戦直後、旧満州からの壮絶な引き揚げを経験した山崎の思想も単純なものではない。少なくとも右派と一括りにはできない幅広い学殖を持つ開明的な知識人だった。

ただし、東西冷戦下の八〇年代においては、例えば同じ消費社会を論じた話題作でも山崎の『柔らかい個人主義の誕生』以上に吉本の『マス・イメージ論』が読まれていた印象が私にはある。

反「戦後文学」パラダイム

以上、見てきたところから分かるように、大岡、丸谷、山崎の考え方には共通する部分が多い。古典詩歌をはじめとする日本文学・文化における社交の重視という点はもちろんだが、人生や社会の現実に対する基本的に肯定的な態度もまた三人に共有されていた。孤独の追求や深刻な苦悩を描くものが中心を占めた近代文学の傾向に対して、彼らの作品が全体として醸し出すのは明朗なユーモアであり、知的でおおらかなイメージだった。

とはいえ、丸谷が古代までさかのぼって意表をつく形の「日本文学史」を編み出し対抗せねばならなかったほどに、左派が力を持った戦後文学のパラダイムは強固で、正統なものとして受け止められた。これは必ずしも作家の思想傾向や主観的な問題意識のみで規定される枠組みではなく、書かれる作品が日本人の敗戦・占領の経験とそれに伴う政治・宗教・社会風俗上の葛藤や矛盾を根底の課題としたかどうかによって判定・評価される。簡単にいえば、戦前に左翼運動の挫折を経た第一次戦後派に始まり、第二次戦後派、第三の新人、石原慎太郎〔一九三二生〕、開高健〔一九三〇～八九〕、大江健三郎らの登場を経て、内向の世代、さらに中上健次〔一九四六～九二〕を挟み、村上龍〔一九五二生〕、村上春樹以後へ——と列なるような作家の系譜をメインストリームと見るものである。

例えば、戦後文学の中心的雑誌『近代文学』(一九四五〜六四年)の文芸評論家、本多秋五［一九〇八〜二〇〇一］は「戦後文学の特質」として、「政治と文学」の関係についての鋭い問題意識▽実存主義的傾向▽在来の日本的リアリズムの否定▽文学的視野の拡大――の四点を挙げた。「政治と文学」「実存主義的傾向」といった言葉には長い注釈が必要となるが、ここでは触れず、本多がさらに「己れの存在の条件を知り、己れと己れをとりまく世界との関係を自覚すること」を特徴とし、「戦後文学者の己れを知るという求心的にして遠心的な努力は、人間の「自由」の探究にむけられていた」(『物語戦後文学史』)と論じたことを記しておこう。

これは同じ『近代文学』の文芸評論家、佐々木基一［一九一四〜九三］が戦後派作家について、「状況における人間を追究する実存主義的傾向」や「素朴リアリズムからの意識的断絶と新しい方法の模索」を共通する特徴としたのとほぼ一致する(『新潮日本文学辞典』)。圧倒的に小説中心の枠組みでもあった戦後文学が、自我の突き詰めと、それを通じての世界や状況、人間一般への探究を正統の主題としたことが分かるだろう。そこではまた、「革命」の希望を掲げる左翼の思想・運動が二一世紀の現在では想像できないほど大きな存在としてあり、それへの肯定・共感・批判・拒絶のいずれであれ、文学者たちの多くが自らの文学的立場の一つの基準とせざるを得なかった。

このパラダイムは、左派が力を失いつつあった一九八〇年代以後もしばらく命脈を保ったと思われる。少なくとも八〇年代、文学に新しい刺激を求める若者の目には大岡、丸谷らが多分に高踏的、趣味的な知識人として、自分たちの孤独や、まだ何者でもない人間のよるべなさから は遠い存在に見えた。それを「ブルジョア的」とまでは思わないにしても、文学が描くべき人生の裏面や社会の底辺とは縁遠いようにも感じられた。

その点、当時の批評家でいえば吉本隆明、そして柄谷行人が花形であり、やがて浅田彰らポストモダンの論者が現れ、一方では糸井重里[一九四八生]らの広告の言葉がむしろ目を引くようになる。旺盛な発言にもかかわらず八〇年代までは、「うたげ」や社交の重要性という大岡らの主張が若い世代に与えた影響は、実は限定的だったのではないか。

平衡器としての「中道リベラル」

そのような状況は、しかし、冷戦崩壊後の一九九〇年代以降、次第に変わっていった。ここで論壇および文壇の歴史を詳しく分析することはできないが、むろん左右対立のイデオロギー的な思考が直ちに消滅したわけではない。だが、八九年の昭和天皇逝去、九三年の五五年体制の崩壊、その後の社会党の政権参加と政策転換などにより、現実主義的な考え方が国民一般に広がることで、変化が生じたのは確かである。二〇二〇年には、かつて山崎や高坂らが主導した「個人を尊重する新しい憲法体制と自由主義にコミットする日米同盟関係を基本的に肯定し、その上に築かれた日本の繁栄の基盤を拡充することを重視」する立場を「近代主義右派」と位置づけ、その理念が九〇年代以降の「政治改革の基底に存在した」と評価する見方も、より若い世代の政治学者から提出された(待鳥聡史『政治改革再考』)。

文学の世界においても、左派の権威が失われるに従い、古今東西の教養に根ざし、なおかつリベラルな大岡、丸谷らの文学観の説得力は相対的に高まり、より素直に受け入れられるようになったと思われる。冷戦終結から三〇年以上を経てみれば、大岡らが望ましいものとして提示した方向は日本文学の一つのタイプとして普通に受容されるようになっている。その重要なポイントが自我の探究に偏しない、他者に開かれた文学にあるのは間違いのないところだ。

二〇二〇年代の現在、米中間で「新冷戦」と呼ばれる対立が深まるとともに、米欧などで保護主義的な政策が強まって、国際社会は分断の様相を色濃くしている。一方で、市場経済のグローバル化とインターネットによる情報化・システム化の昂進は、日本を含む各国・地域で格差を生み、それぞれの国内・地域内でも分断が深刻化してきた。こうした趨勢はなおしばらく続くと見られるだけに、かつての東西対立下で大岡や丸谷、山崎らの議論が持った意味をいま再考することはヴィヴィッドなテーマになり得ると思われる。

というのは、冷戦期の日本ではどうしても保守対革新という左右対決の構図が際立ち、その中間に立つ大岡らの考え方――これを「中道リベラル」と呼ぼう――は述べてきたように一見、影が薄かった。だが現実には「中道リベラル」の思想が、表面に現れなくとも一種の社会のバランサー（平衡器）として働いたと推測されるからだ。実際、「政治の季節」の最も熱い一九六八年にさかのぼるが、東野芳明は同年末に書いた文章で大岡をこう評していた。

大岡には、じつに精妙な平衡器か羅針盤のようなところがあって、一方に偏しすぎるかと思うと、ゆったりといつのまにか均衡状態を保っている。それは決して、折衷主義とか、中立の姿勢ということではなくて、大きな平衡器が嵐の只中の船の中で、ゆっくりと運動してつねに水平面を示すときのそれに似た、精神の運動そのものの軌跡が力強いのである。

（「信《マコト》のこと」『現代詩文庫　大岡信詩集』詩人論）

つまり、社会の中心を占める人々の多くは戦後一貫して、経済重視の面からも現実主義的な国際協調を志向し、同時に日本の伝統文化を自然と（イデオロギーとしてではなく）尊重する心情をも併せ持っていた。七〇年代以降「生活保守主義」と呼ばれた層とも重なるが、むしろ高度経済成長下の六〇年安保反対闘争で国会を取り巻くデモが十数万人の規模に膨れ上がり、岸首相を退陣させたのは、学生や労組の運動家の列に、このような人々までが加わったためであったことを想起すべきだろう(前掲『六〇年安保』、特に第七章)。まさに左右どちらの極にもイデオロギー的に固着することなく、バランスを保とうとした「サイレント・マジョリティー」であり、こうした人々の存在が冷戦下での経済発展を下支えしたといえる。

そのような感覚にマッチしたのが「中道リベラル」の立場であり、論壇や文壇での華々しい論争の中心には登場しなくとも、それが隠れた世論の要を成したというのはさほど見当違いではあるまい。第三章で土屋恵一郎が『うたげと孤心』について示唆していたように、現在の世界を覆う分断や、それと表裏を成す個別の国家・地域・民族への閉塞に抗する方途を、どっちつかずの日和見的態度とは異なる「中道リベラル」に学ぶことは可能であり、必要でもあろう。

二極の原理の間の往還

ここまで大岡の「他者に開かれた創造的行為」の思想について、丸谷、山崎の論と照応させつつ、戦後日本の文壇史・論壇史における意義を探ってきた。ただ、大岡自身は『うたげと孤心』をあくまで文学論、芸術論として書いたことは確かである。

あらゆる芸術論の用語や概念には、特定の時代にしか通用しないものと、時代を超えて有効なものとがあるだろう。この点、「うたげ」と「孤心」の原理は、芸術表現の産出と共有、あるいは個人の創造活動とその受容・触発の様態を考察するうえで、将来も長く議論の枠組みとして参照され得ると思われる。その意味で大岡という文学者の仕事は、古代までさかのぼる過去と現在を、そして未来とを橋渡しする。こんなことが可能なのは、彼が詩人だからであった。自らが詩を、いわば諸芸術の王と考え、されぼこそ詩人はすべての芸術ジャンルを論じる資格があると信じていた。ということは人間を、また社会を詩人は論じうるのであり、実際に大岡はそうしたのである。

これは彼一人の、また詩人特有の特殊な見方ではない。丸谷が詞華集による日本文学史を構想したのも「文学の中心部」は詩だと考えたからであり、山崎との三人にはまさに「短詩形文学はなぜ日本文学の中心なのか」(初出は『現代』一九九二年二月号。『日本史七つの謎』所収)と題した鼎談もある。詩そのものが時代を超え、諸芸術を架橋する力を秘めているのであった。

第三章でも見た『うたげと孤心』の同時代ライブラリー版あとがき「この本が私を書いていた」で、大岡は「青年期から私をたえず離れなかったある二極分裂的思考方法」について書いている。それは日本特有の同質社会の閉鎖性と、詩人である「自分の中に頑強に根づいている孤心」との葛藤であり、同質社会の人々が「うたげ」で「純真に心を合わせること」がえてして「異見をもつ者、孤心を磨く者に対する排除と一対」に陥ってしまう矛盾である。

そのため、私は早い時期から、常に二つの相反する原理の間に身を置いて、その両者の間で試行錯誤をくりかえす自分の思想の軌跡を追うという形の物の書き方をせざるを得なかった。

こう書いて、『記憶と現在』から『うたげと孤心』に至る、数多い「……と……」という「両極併存式」の著作の題を例に挙げていた。これは彼が自身の内部の両極の間で揺れながら、常にその間に橋を架けようとしたこと、そうした往還自体が動的な魅力ともなり均衡のバランスをも育んできたことを示唆する。詩人は内面での架橋のダイナミズムを、ある場合には菅原道真や芭蕉や岡倉天心［一八六三〜一九一三］（大岡には一九七五年刊の評伝『岡倉天心』がある）に、ある場合には美術家や音楽家や俳優に、ある場合には海外の詩人たちにと、外の他者たちとの共感、共鳴へと及ぼしていったのだ。

本書では草月アートセンターに関わった芸術家や雑誌『へるめす』の同人らに言及したが、これらの人々の考え方も政治的にはきわめて多様であった。そのようにさまざまな主義主張を持つ人々と付き合う際、大岡はある方針を立てていたように推測される。個々人のどのような考えにも、「教条」に陥らない限りは耳を傾ける、というものだ。たとえ党派性の強い人間であっても、その人が生み出す文学、芸術の創作物のうち「教条的でない部分」に目を注ぎ、評価しようと努めたように見える。要するに、世に生きて何らかの政治性を帯びない者などいないのだが、創造活動に対しては政治性でなく、その文学性、芸術性で価値判断するという至極まっとうな態度である。しかし、特に一九五〇～七〇年代の「政治の季節」において、それは言うは易く行うのは困難な道筋であったに違いない。

現代芸術の「観衆とは何か」

最後に一つ、大岡の思想を考えるうえで私の念頭に浮かんで消えないのは、現代の連句や連詩の作品を考える時、「うたげ」も「孤心」も所詮は文学や芸術の創作者のものであって、時代を超えた享受者(読者や観衆)のものとはなり難いのではないかという疑問である。『万葉集』の「よみ人知らず」の歌や、作者不詳の歌謡の豊かさを称揚した人であっただけに、どうしてもこのことは気にかかる。

要するに、「うたげ」と「孤心」の原理を、どのように人間一般に開かれたものに転換できるかという問いが残されているのではないか。あるいはこの問題は、詩(文学表現)をはじめとする芸術創造の営みが結局のところ、それ自体としては大衆化され得ないものであるという悲観的な結論に帰着するかもしれないが、現段階で断定はできない。

実は大岡自身、この課題に自覚的、というより極めて敏感であった。それは例えば前掲『抽象絵画への招待』の第一章「芸術の意味」で、「環境芸術」など戦後の新しい芸術の動向について次のように論じていたことからも明らかだ。

観衆はもはや単なる受動的享受者としては考えられなくなった。観衆の積極的な参加なしには、環境が芸術的体験の場に高まることはありえないからである。しかしこの問題は、多くの未知の要素をはらんでいて、簡単に論じさることはできない。いわゆる芸術愛好家という選ばれた観衆によって支えられてきた従来の芸術享受のあり方は、今日の大衆社会では、もはや〈ひとつの〉あり方にすぎなくなってしまった。……現代芸術が直面しなければならないのは、したがって、皮肉にもまず「観衆とは何か」という問いそのものであるだろう。それは同時に、「現代社会における現代芸術とは何か」という恐ろしく難解な問いを含んでいるのである。

この「観衆」は、先述の「文学や芸術の享受者」に相当する。大岡はここで鶴見俊輔〔一九二二～二〇一五〕の『限界芸術論』(六七年)をも引きながら、いわゆるアール・ブリュットの可能性についても考察の必要を記している。だが「うたげ」と「孤心」の世界は、その考察に直接の答えを与えるものではなかったように思われる。あくまで「選ばれた」人々の間での参加と享受の原理に今のところはとどまるものだからである。

一九八五年の『抽象絵画への招待』から今日までの間、コミュニケーションの急激なデジタル化が進み、スマートフォンやSNS(ソーシャル・ネットワーキング・サービス)といった参加・享受が容易なツールも驚くほどの発展を遂げた。にもかかわらず、例えば連句・連詩に、どれほどの「観衆」――参加者にして享受者であるような――を生み出すことができたかといえば、簡単に楽観的な展望を描くことは難しい。芸術の諸ジャンルで膨大な数の悪戦苦闘や技術的変遷が積み重ねられた一方、ネット社会では、知りたい情報のみにさらされる「フィルターバブル」といった現象が生じ、表現そのものは多様化しアクセスしやすくなっていながら、いま人々は多様な他者との出会いを失いつつあるという逆説を生きている。現代芸術における「観衆とは何か」という問いは今日も同じ言葉で、いっそう困難な位相で問われ続けているといえる。

「あんなふうにやれなきゃ駄目だなあ」

あえて残る疑問を付け加えたが、大岡という人は高年に至っても他者との生き生きとした接点を求め続けた。その開かれた姿勢が彼の詩に、これまで指摘してきた輝かしさ、独特なヴォイスの響きを保たせたに違いない。若年時、さまざまな現代詩に目のくらむ思いを味わった私が、やがて大岡の詩に帰ってきたような思いがするのも、究極的にはこのためだといえるかもしれない。みずみずしさ、向日性、知的でありながら肉体の生々しさを失わない言葉、言葉、言葉。それは自由詩によってしか実現できない種類のものだ。

最後にそのありようを伝える例を、彼の作品から挙げよう。散文詩「雪童子」(初出は一九九七年の『櫂』三二号。『世紀の変り目にしやがみこんで』所収)の中の「あんなふうにやれなきや駄目だなあ」というつぶやきである。

この作品は、当時住んでいた東京・深大寺の「仕事部屋の窓」から冬のある日、隣の空き地を眺めていた時の「一つの不思議になつかしい光景」を描く。

珍しく雪が降り積もり、一面銀世界となった場所に一人の幼児が現れる。

五、六歳と見えるその子は、じつと雪を見つめて、立つてゐたが、やをら両手を前に揃へて突き出した。あつといふ間もなく、プールのへりに立つた姿勢で、一気に見えないへりを蹴り、ザブーン、飛び込みをやつてのけたのである。

さらに子供は雪原に寝そべり、「じつに無我の境地で、余念なく転がりはじめた」。

ガラス窓の内側から眺め続けながら、その子が今どんなに純粋な快感にひたつてごろごろ転がつてゐるか、私はうづくやうな思ひで感じてゐた。

しばらくして、ふと子供は立ち上がり、いなくなるが、この「幻」のような光景を見たのち、詩人の心に湧いたのが「あんなふうにやれなきや駄目だなあ」だった。

もう一つ、二〇〇四年、大岡は宮中歌会始で召人を務めた。題は「幸」。そこで彼自身が詠んだのが次の歌である。

いとけなき日のマドンナの幸《さつ》ちやんも孫三《み》たりとぞe《イー》メイル来る

五七五七七の器に現代の感覚を盛った面目が躍如としている。このように、どんな変化も自在に掌中に収めることができたのも、「あんなふうにやれなきや」という、外に開かれた若々しい詩心をこの人が終生持ち続けたからに違いない。

あとがき

東京都文京区にある都営地下鉄大江戸線の本郷三丁目駅の改札口を入ると、すぐ正面の壁に、横に細長いアルミ板三三枚を、上から下に並べた縦二・一メートル、横九・九メートルのレリーフが目に入る。日本の現代詩人四八人の詩の一節、計約五〇〇〇字を刻んだ「詩の壁」である。個人の詩碑などは多いが、このように多くの詩の言葉を集めたモニュメントは珍しい。

ここに谷川俊太郎「生長」、吉本隆明「ちいさな群への挨拶」、新川和江〔一九二九生〕「わたしを束ねないで」、寺山修司「ロング・グッドバイ」などとともに、大岡信の代表詩「地名論」(一九六七年)の冒頭部分も掲げられている。

水道管はうたえよ
御茶の水は流れて
鵠沼に溜り

荻窪に落ち
奥入瀬で輝け
サッポロ
バルパライソ
トンブクトゥーは
耳の中で
雨垂れのように延びつづけよ
奇体にも懐かしい名前をもった
すべての土地の精霊よ

これ(正式名「CROSSING HEARTS」)がお披露目されたのは二〇世紀の終わり、大江戸線開業に先立つ二〇〇〇年一二月六日だった。私はその日行われたイベントを取材し、翌日の「毎日新聞」都内版に小さな記事を書いた。同年六月にモニュメントの構想が発表された際の記事(同月一四日夕刊)には「地名論」を引用した。個人的に好きな詩で、しかも誰にでも——出てくる地名になじみがなくても——分かる詩だったからである。

全四〇行にわたる、地名というものの不思議な一種の霊力をうたった詩の、例えば次のような言葉にも昔から魅了されてきた。

燃えあがるカーテンの上で
煙が風に
形をあたえるように
名前は土地に
波動をあたえる
土地の名前はたぶん
光でできている

あるいは、また次の部分。

おお　ヴェネーツィア
故郷を離れた赤毛の娘が

叫べば　みよ
広場の石に光が溢れ
風は鳩を受胎する

本文に書いたように、私は大岡の著作に導かれて詩の魅力を教えられ、ごく個人的な愉しみ、あるいは慰めとして細々と現代詩を読んできた者である。しかし、まさか自分が大岡の仕事について一冊の本を書くことになろうとは最近まで思わなかった。

相対的には小説や評論のほうを多く読んできたこともある。詩は、好きとは言っても少しかじった程度であり、また、詩のことは何といっても詩人たちが詳しいのだし、その彼ら彼女らを差し置いて書くほどのことを自分は知らないと思ってきた。今でも、そうした思いは変わらずある。きっと大岡についても、詩人たちのほうが多くを知っているだろうし、例えば方法的、技術的なことや、先行詩人、同時代の詩人との影響関係などについては精通した人が少なからずいるに違いない。

そんな私が筆を執るに至ったきっかけは二〇一一年ごろ、ある機会に三浦雅士さんから、大岡の著作集(全一五巻)を読むよう勧められたことだった。私が戦後の歴史、特に一九六〇年代の言論に興味を持っていることを知った三浦さんが、絶対に参考になるから、と言ってくれたように覚えている。この著作集は七〇年代、青土社の編集者だった三浦さんが実質的に企画したもので、私自身、大岡の詩にも評論にも惹かれていたので、古書で全巻を買い求めた。

といって、その時点で何かこれという目的があったわけではない。むしろ、純粋に個人的な愉しみのために、深夜の寝室の枕元で、あるいは休日の持て余した時間などに少しずつ読んでいった。その後、しばらくして会社で管理職などをやらされ、精神的に参っていた時期にも大岡が語る詩の魅力、いや、もっと広く日本語によって織り成された古今の芸術の力――驚き、悲しみ、笑い、怒り、励ましなどなど――は、現実逃避というよりは、世間の雑事の中でかつかつ生きていく支えを私に与えてくれたように思う。

それも本文中で触れた貫之や道真、あるいは賢治や鮎川、田村のような大きな存在ばかりでなく、例えばフランシス・ジャム［一八六八～一九三八］や八木重吉［一八九八～一九二七］といった、私が若年時から心惹かれてきた比較的マイナーな詩人たちの作品をも慈しむように論じていたことには、胸底を温められる思いだった。

著作集を読んだ時期、大岡は既に病に倒れていて、直接会って話す機会はほとんどなかった。そうこうするうちに二〇一七年四月五日、訃報が届く。そこでようやく私は気づいた。何か書くべきだったのにもかかわらず、自分がまだ何も書いていなかったことに……。

ある人についてモノグラフを書くには、当然その人自身に直接会い、話を聞くのが何より重要だし、少なくとも有利である。しかし、その人はもういない。——これが、いざ新聞連載を思いたって最初に私を襲った思いだった。だが幸いなことに、あの著作集の巻末には、それぞれけっこうな長さの彼の談話が載っていた。それ以外にも、大岡という人はかなり自分の生い立ちや若い頃の話を、エッセーや著書の後記などに書いている。そういう「自分語り」の多い人であったことが、私の「絶対不利」な状況を緩和してくれたのは確かだった。

執筆中から新型コロナウイルスの感染が拡大し、この稿を書いている二〇二一年春の時点でも収束は見通せていない。思えば、このような疫病ほど大岡信が論じた「うたげ」を困難にするものはない。ただし彼の連句や連詩では、はがきや手紙で句や詩を送り合ったり、会合の際に未完の場合、電話やファクシミリを使って続行したりする例も少なくなかった。大岡もオンライン連句(連詩)を試みるのをためらわなかったのではないか、と想像する一方で、彼が詩の共同制作に見た意義の一つは、参加者が同じ場所に集まって行う点にあった。やはり対面による親和的空間こそ必須の要素であり、オンライン等々はあくまで補助的、代替的手段と捉えるのが彼の趣意に沿うようにも思われる。

＊　　＊

本書の取材・執筆の過程では多くの方々にお力添えをいただいた。

とりわけ、大岡かね子さんには、何度も裾野のご自宅や上京時にお話をうかがわせていただき、常に温かい言葉をかけていただいた。夫人の力強いご支援がなければ、到底一冊の本を書き上げることはできなかった。深甚なる感謝を捧げるとともに、そのお気持ちに少しでも応えられる内容になっていればいいのだが、と願わずにはいられない。

お忙しい中、時間を割いて取材に応じていただいた全ての方々に、心から感謝を申し上げたい。お一人お一人の中に異なる、それぞれに大切な大岡信像があるはずで、この本には、そのどれともずれた人物が描かれているに違いない。お赦しいただければと思う。新聞連載中は付していた敬称を、主として文体統一の観点から略させていただいたことにも寛恕を乞いたい。

また、西川敏晴さん、越智淳子さんをはじめとする大岡信研究会の皆さんには、写真の提供を含め、多大なご協力と激励をいただいた。ありがとうございました。

二〇二一年三月三一日

大井浩一

人名索引

あ　行

か　行

さ　行

た　行

な 行

は 行

ま 行

や　行

ら　行

わ　行

略年譜

年	**事項**(太字は、大岡の歩み)
1931	**2月16日　静岡県三島町(現三島市)に生まれる**／9月　満州事変起こる
37	7月　日中戦争始まる
41	12月　太平洋戦争始まる
43	**4月　県立沼津中(旧制)入学**
45	**8月　敗戦、父とともに玉音放送を聞く**
46	1月　天皇の人間宣言／**2月　同人誌『鬼の詞』創刊(〜47年11月)**／5月　東京裁判始まる／11月　日本国憲法公布
47	**4月　旧制第一高等学校に入学**
48	8月　大韓民国成立／9月　朝鮮民主主義人民共和国成立
49	10月　中華人民共和国成立
50	**4月　東大国文科に進む**／6月　朝鮮戦争始まる／8月　警察予備隊設置／この年　レッドパージ
51	**3月　同人誌『現代文学』創刊(〜52年7月)**／9月　対日講和条約・日米安保条約調印
52	4月　占領終結，独立を回復／5月　血のメーデー事件
53	**3月　東大卒業／4月　読売新聞入社，外報部記者となる**／7月　朝鮮戦争休戦協定
54	**9月　詩誌『櫂』同人となり，8号に詩を発表.『戦後詩人全集第1巻』刊行(初期主要作品が収録される)**
55	**6月　『現代詩試論』刊行**／10月　左右社会党統一／11月　保守合同で自由民主党結成
56	**3月　雑誌『短歌研究』で塚本邦雄との論争始まる**

	／6月　飯島耕一，東野芳明らとシュルレアリスム研究会を結成／7月　第1詩集『記憶と現在』刊行／7月　経済白書「もはや戦後ではない」
57	4月　相澤かね子と結婚
58	10月　長男玲誕生
59	8月　詩誌『鰐』創刊に参加／10月　「フォートリエ展」カタログ作成を通じ，南画廊の志水楠男を知る
60	6月　草月アートセンターの雑誌『SAC』4号に寄稿(以後，しばしば執筆)／6月　日米安保条約改定が国会で自然承認．岸信介首相が退陣表明
62	12月　詩集『わが詩と真実』刊行
63	2月　長女亜紀誕生／4月　読売新聞社を退職／10月　パリ青年ビエンナーレ詩部門参加のため渡仏(～64年1月)
65	2月　『眼・ことば・ヨーロッパ』刊行／4月　明治大学非常勤講師となる／10月　明治大学助教授となる
66	5月　ラジオドラマ「写楽はどこへ行った」放送(放送記者会賞最優秀賞)
67	この年　大学紛争，ベトナム反戦運動が次第に高まる
68	2月　『大岡信詩集』〈綜合詩集〉刊行／4月　草月会館でのイベント「EXPOSE1968」に参加し，詩を朗読
69	1月　東大で安田講堂攻防戦／4月　『蕩児の家系』刊行(藤村記念歴程賞)／6月　『肉眼の思想』刊行
70	3月　大阪万博が開幕(～9月)／10月　安東次男、丸谷才一らと連句を始める．明治大学教授となる(～87年)／11月　三島由紀夫が割腹自殺
71	9月　『紀貫之』刊行(読売文学賞)／12月　『櫂』同人による連詩が始まる
72	1月　加納光於との共作オブジェ『アララットの船あるいは空の蜜』刊行／2月　連合赤軍あさま山荘事件／5月　沖縄返還／6月　詩集『透視図法―夏のための』刊行／9月　日中国交回復

73　1月　ベトナム和平協定調印／**6月　雑誌『すばる』に「うたげと孤心」連載開始**／10月　第1次石油ショック

74　**3月　石川淳，安東，丸谷との歌仙を雑誌『図書』に発表**

75　**7月　詩集『遊星の寝返りの下で』刊行**

76　7月　ロッキード事件で田中角栄前首相逮捕／10月　中国で「4人組」逮捕(77年，文化大革命の終結宣言)／**11月　詩集『悲歌と祝禱』刊行**

77　**2月　『大岡信著作集』全15巻刊行開始(〜78年4月)／6月　『詩への架橋』刊行**

78　**2月　『うたげと孤心』刊行／12月　詩集『春　少女に』刊行(無限賞)**

79　**1月　「折々のうた」連載開始(菊池寛賞)**／1月　イラン革命，第2次石油ショック／**6月　『櫂・連詩』刊行**

80　**3月　岩波新書『折々のうた』刊行**

81　**2月　石川，安東，丸谷との共著『歌仙』刊行／11〜12月　フィッツシモンズと英語で連詩制作(海外連詩の初め)**

84　**12月　磯崎新，大江健三郎らと雑誌『へるめす』創刊(〜97年)**

85　**5月　『抽象絵画への招待』刊行**

87　**10月　詩集『ぬばたまの夜、天の掃除器せまつてくる』刊行**

88　**4月　東京芸術大学教授となる(〜93年)**

89　1月　昭和天皇没，平成と改元／**4月　詩集『故郷の水へのメッセージ』刊行(現代詩花椿賞)．日本ペンクラブ会長となる(〜93年)／8月　『詩人・菅原道真』刊行(芸術選奨文部大臣賞)**／11月　ベルリンの壁崩壊

91　**1月　『連詩の愉しみ』刊行**／1月　湾岸戦争始まる(〜2月)

92 **5月　詩集『地上楽園の午後』刊行(詩歌文学館賞)**
93 8月　細川護熙内閣成立，55年体制崩壊
94 **10月　パリのコレージュ・ド・フランスで連続講義(95年10月と合わせ計5回)**
95 1月　阪神大震災／3月　地下鉄サリン事件／**12月　日本芸術院会員となる**
99 **6月　詩集『捧げるうた　50篇』刊行／10月　第1回しずおか連詩**
2001 9月　米同時多発テロ事件／**10月　詩集『世紀の変り目にしやがみこんで』刊行**
02 **11月　『大岡信全詩集』，詩集『旅みやげ　にしひがし』刊行**
03 3月　イラク戦争始まる(〜11年)／**11月　文化勲章受章／この年　「宇宙連詩」プロジェクトに参加**
04 **1月　宮中歌会始で召人を務める／6月　レジオン・ドヌール勲章オフィシエを受ける**
07 **3月　「折々のうた」連載終了**
08 **4月　詩集『鯨の会話体』刊行**／9月　リーマン・ショック
09 **1月　脳出血により以後、療養に専念する**／8月　衆院選で民主党圧勝，政権交代
11 3月　東日本大震災
12 12月　衆院選で民主党惨敗，自公連立政権成立
17 **4月5日　死去(享年86)**

主な参考文献

＊大岡信の著作については初版の刊行年・版元を記し，括弧内に再刊本のうち大井の参照したもの，および最新の刊本のみを付記した．
＊各項目ごとに刊行順に並べた．

【大岡信の著作】

全集・著作集・年譜等

『戦後詩人全集 1』，1954 年，書肆ユリイカ
『日本詩人全集 34　昭和詩集 2』，1969 年，新潮社
『大岡信著作集』全 15 巻，1977〜78 年，青土社
『大岡信全詩集』，2002 年，思潮社
『大岡信・全軌跡　年譜』『同　書誌』『同　あとがき集』，2013 年，大岡信ことば館／増進会出版社
池澤夏樹個人編集『日本文学全集 12』（丸谷才一との対談「歌仙早わかり」，高橋治・丸谷との歌仙「加賀暖簾の巻」を収録），2016 年，河出書房新社

詩集

『記憶と現在』，1956 年，書肆ユリイカ
『わが詩と真実』，1962 年，思潮社
『大岡信詩集』〈綜合詩集〉，1968 年，思潮社（増補版，1977 年）
『透視図法――夏のための』，1972 年，書肆山田
『遊星の寝返りの下で』，1975 年，書肆山田
『悲歌と祝禱』，1976 年，青土社
『春　少女に』，1978 年，書肆山田
『水府　みえないまち』，1981 年，思潮社
『草府にて』，1984 年，思潮社
『詩とはなにか』，1985 年，青土社
『ぬばたまの夜、天の掃除器せまつてくる』，1987 年，岩波書店
『故郷の水へのメッセージ』，1989 年，花神社
『地上楽園の午後』，1992 年，花神社
『火の遺言』，1994 年，花神社

『光のとりで』，1997 年，花神社
『捧げるうた　50 篇』，1999 年，花神社
『世紀の変り目にしやがみこんで』，2001 年，思潮社
『旅みやげ　にしひがし』，2002 年，集英社
『鯨の会話体』，2008 年，花神社

評論・随筆

『現代詩試論』，1955 年，書肆ユリイカ（『現代詩試論／詩人の設計図』，2017 年，講談社文芸文庫）
「想像力と韻律と」（塚本邦雄との論争），『短歌研究』1956 年 3 月号，日本短歌社
『詩人の設計図』，1958 年，書肆ユリイカ（前掲『現代詩試論／詩人の設計図』）
『芸術マイナス 1』，1960 年，弘文堂
『抒情の批判』，1961 年，晶文社
『芸術と伝統』，1963 年，晶文社
『眼・ことば・ヨーロッパ』，1965 年，美術出版社
『超現実と抒情』，1965 年，晶文社
『文明のなかの詩と芸術』，1966 年，思潮社
『現代芸術の言葉』，1967 年，晶文社
『現代詩人論』，1969 年，角川選書
『蕩児の家系』，1969 年，思潮社
『肉眼の思想』，1969 年，中央公論社
『紀貫之』（日本詩人選 7），1971 年，筑摩書房（2018 年，ちくま学芸文庫）
『言葉の出現』，1971 年，晶文社
『彩耳記』，1972 年，青土社
『たちばなの夢』，1972 年，新潮社
『装飾と非装飾』，1973 年，晶文社
『狩月記』，1973 年，青土社
『今日も旅ゆく——若山牧水紀行』，1974 年，平凡社
『星客集』，1975 年，青土社
『風の花嫁たち』，1975 年，草月出版
『本が書架を歩みでるとき』，1975 年，花神社
『岡倉天心』，1975 年，朝日新聞社

『青き麦萌ゆ』，1975 年，毎日新聞社
『年魚集』，1976 年，青土社
『子規・虚子』，1976 年，花神社
『詩への架橋』，1977 年，岩波新書
『うたげと孤心』，1978 年，集英社（1990 年，岩波書店・同時代ライブラリー．2017 年，岩波文庫）
「ワレヲ信ゼヨ，シカラズンバ……」，『新選　吉増剛造詩集』（現代詩文庫 111），1978 年，思潮社
『折々のうた』全 10 巻＋総索引，1980〜93 年，岩波新書
『加納光於論』，1982 年，書肆風の薔薇
『表現における近代』，1983 年，岩波書店
『抽象絵画への招待』，1985 年，岩波新書
『ヨーロッパで連詩を巻く』，1987 年，岩波書店
『詩人・菅原道真』，1989 年，岩波書店（2008 年，岩波現代文庫．2020 年，岩波文庫）
『連詩の愉しみ』，1991 年，岩波新書
『私の万葉集』全 5 巻，1993〜98 年，講談社現代新書（2013〜15 年，講談社文芸文庫）
「日本近代詩の風景」，1994 年，雑誌『アステイオン』34 号（『ことのは草』，1996 年，世界文化社．『日本の古典詩歌　別巻　詩の時代としての戦後』，2000 年，岩波書店，所収）
『日本の詩歌　その骨組みと素肌』，1995 年，講談社（2017 年，岩波文庫）
『新　折々のうた』全 9 巻＋総索引，1995〜2007 年，岩波新書
『ことばが映す人生』，1997 年，小学館
「わが師匠・安東次男」（安東次男著『連句の読み方』解説），2000 年，思潮社
『人類最古の文明の詩』，2008 年，朝日出版社
『日本詩歌の特質』，2010 年，大岡信フォーラム／花神社

対談・共著等

「二十代の発言」（飯島耕一，谷川俊太郎，中村稔らとの座談会），『詩学』1954 年 1 月号，詩学社
櫂の会『櫂詩劇作品集』（大岡「声のパノラマ」所収），1957 年，的場書房

主な参考文献

「日本の詩に賭けるもの」(塚本邦雄，高柳重信，寺山修司との座談会)，『短歌研究』1959 年 6 月号，日本短歌社
「日本の世紀末」(高階秀爾との対談)，『ユリイカ』1970 年 10 月号，青土社
「芭蕉をどう読むか」(安東次男との対談)，『國文學　解釈と教材の研究』1973 年 5 月号，學燈社(安東次男『芭蕉七部集評釈』，1973 年，集英社，所収)
「唱和と即興」(丸谷才一との対談)，『俳句』1974 年 9 月号，角川書店
『詩の誕生』(谷川俊太郎との対談)，1975 年，エッソ・スタンダード石油広報部(2018 年，岩波文庫)
『批評の生理』(谷川俊太郎との対談)，1977 年，エッソ・スタンダード石油広報部(1978 年，思潮社)
『櫂・連詩』(『櫂』同人による連詩)，1979 年，思潮社
『歌仙』(石川淳，安東次男，丸谷才一との連句)，1981 年，青土社
『揺れる鏡の夜明け』(トマス・フィッツシモンズとの連詩)，1982 年，筑摩書房
『詩歌の読み方』(寺田透，吉本隆明，粟津則雄らとの対談・座談会)，1983 年，思潮社
『酔ひどれ歌仙』(丸谷才一，石川淳，杉本秀太郎らとの連句)，1983 年，青土社
『詩と世界の間で』(谷川俊太郎との往復書簡)，1984 年，思潮社
『ヴァンゼー連詩』(カリン・キブス，川崎洋，グントラム・フェスパーとの連詩)，1987 年，岩波書店
「詩のことば　機械のことば」(西垣通との対談)，季刊『花神』1 号，1987 年 5 月，花神社
『浅酌歌仙』(石川淳，丸谷才一，杉本秀太郎との連句)，1988 年，集英社
『ファザーネン通りの縄ばしご』(谷川俊太郎，H・C・アルトマン，O・パスティオールとの連詩)，1989 年，岩波書店
『とくとく歌仙』(丸谷才一，井上ひさし，高橋治との連句)，1991 年，文藝春秋
「短詩形文学はなぜ日本文学の中心なのか」(丸谷才一，山崎正和との座談会)，『現代』1992 年 2 月号(『日本史七つの謎』，1992 年，講談社，所収．『丸谷才一批評集 1　日本文学史の試み』，1996 年，文藝春秋，所収)

「女の歴史・男の歴史」(丸谷才一との対談),『大航海』創刊号，1994年，新書館
『連詩　闇にひそむ光』(「しずおか連詩」の作品を収録)，2004年，岩波書店
『すばる歌仙』(丸谷才一，岡野弘彦との連句)，2005年，集英社
『歌仙の愉しみ』(丸谷才一，岡野弘彦との連句)，2008年，岩波新書
「歌仙　茄子漬の巻」(小島ゆかり，岡野弘彦，丸谷才一との連句)，『図書』2008年7月号，岩波書店
宇宙航空研究開発機構監修『宇宙連詩』(谷川俊太郎，野村喜和夫，的川泰宣らとの連詩)，2008年，メディアパル
「歌仙　案山子の巻」(岡野弘彦，丸谷才一との連句)，『図書』2009年1月号，岩波書店

アンソロジー・編集・解説等

『クレー』(世界の美術24)解説，1964年，河出書房
『大岡信詩集』(現代詩文庫24)，1969年，思潮社
「幻想と覚醒」,『クレー』，1976年，新潮美術文庫
『大岡信』(シリーズ「日本の詩」，鶴岡善久編・解説)，1985年，ほるぷ出版
『志水楠男と南画廊』(東野芳明らと共編)，1985年，美術出版社(非売品)
『声でたのしむ　美しい日本の詩』全2冊(谷川俊太郎と共編)，1990年，岩波書店(2020年，岩波文庫別冊)
『誕生祭』(現代詩人コレクション)，1990年，沖積舎
『特装版・現代詩読本　大岡信』，1992年，思潮社
『続・大岡信詩集』(現代詩文庫131)，1995年，思潮社
『続続・大岡信詩集』(現代詩文庫153)，1998年，思潮社
『戦後代表詩選　正・続』(鮎川信夫，北川透と共編)，2006年，思潮社・詩の森文庫
『詩人の眼・大岡信コレクション展』(図録)，2006年，朝日新聞社
『大岡博全歌集』，2008年，花神社
『現代詩大事典』(安藤元雄，中村稔とともに監修)，2008年，三省堂
『詩人・大岡信展』(図録)，2015年，世田谷文学館
『自選　大岡信詩集』，2016年，岩波文庫
『大岡信『折々のうた』選』全5巻，2019〜20年，岩波新書

主な参考文献

【関連書・論文等】
『鬼の詞《ことば》』1〜8 号，1946〜47 年(大岡家所蔵資料)
中村真一郎「同人雑誌評」，『文學界』1953 年 1 月号，同 3 月号，文藝春秋新社
吉本隆明「日本の現代詩史論をどうかくか」，『新日本文学』1954 年 3 月号(『吉本隆明全集 4』，2014 年，晶文社，所収)
塚本邦雄「ガリヴァーへの献詞」(大岡との論争)，『短歌研究』1956 年 3 月号，日本短歌社
塚本邦雄「遺言について——大岡信氏に応う」，『短歌研究』1956 年 5 月号，日本短歌社
塚本邦雄「ただこれだけの唄——方法論争展開のために」，『短歌研究』1956 年 8 月号，日本短歌社
『SAC』バックナンバー(のち『SAC ジャーナル』と改題，計 38 冊)，1960〜64 年，草月アートセンター(慶應義塾大学アート・センター所蔵資料)
吉本隆明『共同幻想論』，1968 年，河出書房新社(改訂新版，1982 年，角川文庫．同改版，2020 年，角川ソフィア文庫)
田村隆一『田村隆一詩集』(現代詩文庫 1)，1968 年，思潮社
鮎川信夫『鮎川信夫詩集』(現代詩文庫 9)，1968 年，思潮社
鮎川信夫「大岡信著『蕩児の家系』」，『朝日ジャーナル』1969 年 6 月(『鮎川信夫全集 4』，2001 年，思潮社，所収)
清岡卓行『抒情の前線』，1970 年，新潮選書
吉増剛造『吉増剛造詩集』(現代詩文庫 41)，1971 年，思潮社
飴山実「連句小感」，『俳句』1976 年 9 月号，角川書店
吉本隆明『戦後詩史論』，1978 年，大和書房(増補版，1983 年，同．同新版，2005 年，思潮社)
茨木のり子「『櫂』小史」，『茨木のり子詩集』(現代詩文庫 20)，1978 年，思潮社，所収
丸谷才一『日本文学史早わかり』，1978 年，講談社(2004 年，講談社文芸文庫．『丸谷才一批評集 1　日本文学史の試み』所収)
三浦雅士『私という現象』，1981 年，冬樹社
篠弘『近代短歌論争史　昭和編』，1981 年，角川書店
草月出版編集部編著『勅使河原宏カタログ』，1982 年，草月出版
『へるめす』1〜18 号，1984〜89 年，岩波書店
『へるめす』「創刊二周年記念別巻」，1987 年，岩波書店

『増補改訂　新潮日本文学辞典』，1988 年，新潮社
篠弘『現代短歌史Ⅱ　前衛短歌の時代』，1988 年，短歌研究社
『増補改訂　新潮世界文学辞典』，1990 年，新潮社
吉本隆明『マチウ書試論・転向論』，1990 年，講談社文芸文庫
ウォルター・J・オング『声の文化と文字の文化』，桜井直文・林正寛・糟谷啓介訳，1991 年，藤原書店
深瀬サキ『思い出の則天武后』，1993 年，講談社
『朝日新聞社史　昭和戦後編』，1994 年，朝日新聞社
丸谷才一『不思議な文学史を生きる』，1994 年，文藝春秋(『丸谷才一批評集 1　日本文学史の試み』所収)
小田久郎『戦後詩壇私史』，1995 年，新潮社
『集英社世界文学大事典』全 6 巻，1996〜98 年，集英社
野村喜和夫，城戸朱理『討議戦後詩――詩のルネッサンスへ』，1997 年，思潮社
高橋順子『連句のたのしみ』，1997 年，新潮選書
杉山正樹『寺山修司・遊戯の人』，2000 年，新潮社(2006 年，河出文庫)
川崎洋『交わす言の葉』，2002 年，沖積舎
『輝け 60 年代　草月アートセンターの全記録』，2002 年，「草月アートセンターの記録」刊行委員会
「特集　大岡信――現代詩のフロンティア」，『現代詩手帖』2003 年 2 月号，思潮社
山崎正和『社交する人間』，2003 年，中央公論新社(2006 年，中公文庫)
小阪修平『思想としての全共闘世代』，2006 年，ちくま新書
大塚信一『理想の出版を求めて』，2006 年，トランスビュー
ケルアック『オン・ザ・ロード』，青山南訳，「世界文学全集 1-01」，2007 年，河出書房新社
中村稔『私の昭和史　戦後篇・下』，2008 年，青土社
吉本隆明『詩の力』，2009 年，新潮文庫(原著は『現代日本の詩歌』，2003 年，毎日新聞社)
平林敏彦『戦中戦後　詩的時代の証言　1935-1955』，2009 年，思潮社
三浦雅士「大岡信の時代」1〜9 回(未完)，『大岡信ことば館便り』1〜9 号，2009〜12 年，増進会出版社・大岡信ことば館

主な参考文献

大井浩一『六〇年安保』，2010 年，勁草書房
渡辺武信『移動祝祭日』，2010 年，思潮社
竹内洋『メディアと知識人』，2012 年，中央公論新社（改題『清水幾太郎の覇権と忘却』，2018 年，中公文庫）
丸谷才一・岡野弘彦・長谷川櫂「歌仙　ずたずたの心の巻」，『図書』2013 年 3 月号，岩波書店
岡野弘彦・三浦雅士・長谷川櫂『歌仙　一滴の宇宙』，2015 年，思潮社
越智淳子「大岡信と西洋文化——翻訳，旅，人との交流」，『大岡信研究』創刊号，2015 年，大岡信研究会
菅野昭正編著『大岡信の詩と真実』，2016 年，岩波書店
立花隆『武満徹・音楽創造への旅』，2016 年，文藝春秋
大井浩一『批評の熱度　体験的吉本隆明論』，2017 年，勁草書房
「追悼特集・大岡信」，『現代詩手帖』2017 年 6 月号，思潮社
『ユリイカ七月臨時増刊号　総特集・大岡信の世界』，2017 年，青土社
御厨貴他編『舞台をまわす，舞台がまわる——山崎正和オーラルヒストリー』，2017 年，中央公論新社
谷川俊太郎，尾崎真理子『詩人なんて呼ばれて』，2017 年，新潮社
杉浦静編『感受性の海へ』，和田博文監修「コレクション・戦後詩誌 12」，2018 年，ゆまに書房
三浦雅士『孤独の発明』，2018 年，講談社
『駒井哲郎——煌めく紙上の宇宙』（図録），2018 年，玲風書房
『1968 年　激動の時代の芸術』（図録），2018 年，千葉市美術館
吉増剛造『火ノ刺繡』，2018 年，響文社
岡野弘彦・三浦雅士・長谷川櫂『歌仙　永遠の一瞬』，2019 年，思潮社
待鳥聡史『政治改革再考』，2020 年，新潮選書
公益財団法人高見順文学振興会編『高見順賞五十年の記録　一九七一—二〇二〇』，2020 年，公益財団法人高見順文学振興会（非売品）
中村稔『現代詩の鑑賞』，2020 年，青土社

大井浩一

1962年，大阪市生まれ．早稲田大学政治経済学部政治学科卒．毎日新聞社で社会部などを経て，96年より学芸部で主に文芸，論壇を担当．学芸部長も務めた．この間，大東文化大学，法政大学講師を歴任．
現在―毎日新聞学芸部編集委員，言論史研究者，評論家
著書―『メディアは知識人をどう使ったか――戦後「論壇」の出発』『六〇年安保――メディアにあらわれたイメージ闘争』『批評の熱度――体験的吉本隆明論』(以上，勁草書房)，『20世紀精神史』(共編)『1968年に日本と世界で起こったこと』(共編著)『大正という時代』(共編著，以上，毎日新聞社)，『2100年へのパラダイム・シフト』(広井良典・共編，作品社)ほか．

大岡信 架橋する詩人　　岩波新書(新赤版)1889

2021年7月20日　第1刷発行

著　者　大井浩一《おおいこういち》

発行者　坂本政謙

発行所　株式会社 岩波書店
〒101-8002 東京都千代田区一ツ橋2-5-5
案内 03-5210-4000　営業部 03-5210-4111
https://www.iwanami.co.jp/

新書編集部 03-5210-4054
https://www.iwanami.co.jp/sin/

印刷・理想社　カバー・半七印刷　製本・中永製本

ISBN 978-4-00-431889-7　　Printed in Japan

岩波新書新赤版一〇〇〇点に際して

ひとつの時代が終わったと言われて久しい。だが、その先にいかなる時代を展望するのか、私たちはその輪郭すら描きえていない。二〇世紀から持ち越した課題の多くは、未だ解決の緒を見つけることのできないままであり、二一世紀が新たに招きよせた問題も少なくない。グローバル資本主義の浸透、憎悪の連鎖、暴力の応酬——世界は混沌として深い不安の只中にある。

現代社会においては変化が常態となり、速さと新しさに絶対的な価値が与えられた。消費社会の深化と情報技術の革命は、種々の境界を無くし、人々の生活やコミュニケーションの様式を根底から変容させてきた。ライフスタイルは多様化し、一面では個人の生き方をそれぞれが選びとる時代が始まっている。同時に、新たな格差が生まれ、様々な次元での亀裂や分断が深まっている。社会や歴史に対する意識が揺らぎ、普遍的な理念に対する根本的な懐疑や、現実を変えることへの無力感がひそかに根を張りつつある。そして生きることに誰もが困難を覚える時代が到来している。

しかし、日常生活のそれぞれの場で、自由と民主主義を獲得し実践することを通じて、私たち自身がそうした閉塞を乗り超え、希望の時代の幕開けを告げてゆくことは不可能ではあるまい。そのために、いま求められていること——それは、個と個の間で開かれた対話を積み重ねながら、人間らしく生きることの条件について一人ひとりが粘り強く思考することではないか。その営みの糧となるものが、教養に外ならないと私たちは考える。歴史とは何か、よく生きるとはいかなることか、世界そして人間はどこへ向かうべきなのか——こうした根源的な問いとの格闘が、文化と知の厚みを作り出し、個人と社会を支える基盤としての教養となった。まさにそのような教養への道案内こそ、岩波新書が創刊以来、追求してきたことである。

岩波新書は、日中戦争下の一九三八年一一月に赤版として創刊された。創刊の辞は、道義の精神に則らない日本の行動を憂慮し、批判的精神と良心的行動の欠如を戒めつつ、現代人の現代的教養を刊行の目的とする、と謳っている。以後、青版、黄版、新赤版と装いを改めながら、合計二五〇〇点余りを世に問うてきた。そして、いままた新赤版が一〇〇〇点を迎えたのを機に、人間の理性と良心への信頼を再確認し、それに裏打ちされた文化を培っていく決意を込めて、新しい装丁のもとに再出発したいと思う。一冊一冊から吹き出す新風が一人でも多くの読者の許に届くこと、そして希望ある時代への想像力を豊かにかき立てることを切に願う。

（二〇〇六年四月）